MANFRED HELLWEG

18

gestohlene Monate

MANFRED HELLWEG

18

gestohlene Monate

W 12

W 15

W 18

Bibliografische Information der Deutschen Nationalbibliothek:

Die Deutsche Nationalbibliothek verzeichnet
diese Publikation in der Deutschen Nationalbiblio-
grafie; detaillierte bibliografische Daten sind im In-
ternet über http://dnb.dnb.de abrufbar.

Herstellung und Verlag: BoD – Books on Demand,
Norderstedt

ISBN: 978-3-7494-2830-4

Vorwort

9. Mai 1941, im *»Zweiten Weltkrieg«* geboren. Genau 4 Jahre alt war ich, als am 9. Mai 1945 die offizielle Kapitulation in Moskau, durch die russische Armee bekannt gegeben wurde.

An diese Zeit als kleiner Junge habe ich noch viele Erinnerungen. Mit meiner Oma, und meiner Mutter, suchten wir während der Luftangriffe sehr oft Schutzräume im Keller auf, um uns vor den Bomben der Alliierten zu schützen.

Das schönste Erlebnis hatte ich am 9. Mai 1945, als ich die ersten Panzer der Amerikaner sah, die durch unsere Straße rollten. Ein unbeschreiblicher Jubel begleitete sie. Der Krieg war zu Ende.

16 Jahre später wurde ich zur Bundeswehr eingezogen und hatte mir geschworen, niemals werde ich mich mit dieser Bundeswehr einverstanden erklären. Die ersten vier Jahre meiner Kindheit hatten einen bleibenden, schrecklichen Eindruck hinterlassen.

Unfreundliche Worte meines Vaters gingen mir nicht mehr aus dem Kopf:

„Dieser Idiot, der hat doch keine Ahnung wie es damals war. Er hat nie eine Uniform getragen und setzt sich auf einmal für die Gründung einer Bundeswehr ein. Der ist doch nicht mehr ganz dicht im Kopf!"

Die Gründung einer Bundeswehr, und dadurch die zwangsweise Wiederbewaffnung der Bundesrepublik Deutschland am 5. Mai 1955, führten zu erheblichen innenpolitischen Auseinandersetzungen.

Vor allem zwischen der SPD und der CDU über die Frage, ob es moralisch zu verantworten sei, dass Deutschland, nach der Hitler-Diktatur, jemals wieder über Streitkräfte verfügen sollte.

Adenauer, und seine Verbündeten setzten sich nach heftigem Widerstand durch, und am 12. November 1955 wurden die ersten 101 Freiwilligen Soldaten vereidigt.

Ich hatte gerade eine Lehre als Buchdrucker angefangen. Mein Vater war strikt dagegen, dass ich jemals zur Bundeswehr sollte und eine Waffe in die Hand bekam. 1956 jedoch trat das Gesetz in Kraft, dass jeder Bundesbürger zur Wehrpflicht herangezogen werden konnte.

Darüber ärgerte sich mein Vater sehr und verfluchte diesen Konrad Adenauer. Für ihn stand fest, seine Söhne müssen zur Bundeswehr.

Noch machte ich eine Lehre als Buchdrucker. In dieser Zeit brauchte ich mir keine Gedanken machen auch zur Bundeswehr eingezogen zu werden. Es stand fest, dass während einer Ausbildung kein Deutscher Dienst in der Bundeswehr leisten muss.

Allerdings, was kommt danach? Drei Jahre Ausbildung hatte ich, danach konnte ich endlich richtig Geld verdienen, dachte ich. Das war mein wichtigstes Ziel. Darum habe ich mich für das »Grafische-Gewerbe« entschieden denn ich wusste von meinem Onkel, der Schriftsetzer gelernt hatte und einem anderen Onkel der Buchbinder war, im »Grafischen-Gewerbe« gut verdienen zu können.

Dadurch konnte ich auch meine Eltern unterstützen, denn mein Vater war oft sehr krank und das Geld reichte so gerade zum Leben. Nach meiner Gesellenprüfung verdiente ich für die damaligen Verhältnisse als Buchdrucker gutes Geld, und konnte einen Teil an meine Eltern abgeben. Das Geld konnten sie gut gebrauchen. In den folgenden Jahren sah ich immer wieder, wie einige meiner Freunde und Schwimmkameraden zum Wehrdienst bei der Bundeswehr eingezogen wurden.

Ich glaube für einige von ihnen war es das Richtige, denn sie brauchten dringend eine bessere Erziehung. Den militärischen Drill dort konnten sie gut gebrauchen.

Anderen wieder ging es genau wie mir, sie wurden für eine unnütze Sache einfach aus ihrem Beruf gerissen. Sie sahen das aber auch genauso. Als ich 18 Jahre alt war wechselte ich in eine andere Druckerei um mich weiterzubilden.

Es war eine Herausforderung, dort wurden hochwertige Kunstdrucke hergestellt. Gerade das machte mir viel Spaß und ich lernte eine Menge dazu. Das war aber für mich noch nicht genug.

Deshalb bewarb ich mich mit 19 Jahren bei einer anderen Druckerei. In einem kleinen Café trafen wir uns zu einem Bewerbungsgespräch. Der Besitzer, ein ihm befreundeter Druckermeister, und ich. Hier erfuhr ich, dass der Besitzer eine kleine Druckerei aufgekauft hatte.

Der Besitzer selbst, war nur ein ganz einfacher Kaufmann wie ich später erfuhr, und hatte vom »Grafischen-Gewerbe« überhaupt keine Ahnung.

Sein Freund stellte ihm seinen Titel als Druckermeister zur Verfügung, denn ohne diesen Titel hätte er damals keine Druckerei führen können. Als beide von mir hörten was ich in meiner jetzigen

Arbeitsstelle an Kunstdrucken erstellen konnte, sahen sie das als großen Vorteil an, und so kamen unsere Lohnverhandlungen schnell zu einem Abschluss.

3,10 DM als Stundenlohn konnte ich aushandeln, das waren ca. 0,30 DM mehr als mein jetziger Tariflohn. Für die damalige Zeit und besonders für mich, schon ein halbes Vermögen. Als ich meinen Arbeitskollegen davon erzählte wurden sie richtig neidisch.

In der neuen Druckerei sollte ich die gesamte Organisation übernehmen, das war die Vereinbarung. Es machte mir viel Spaß, doch nach einiger Zeit bekam ich vom Kreiswehrersatzamt meinen Musterungsbescheid.

Auweia, jetzt haben sie mich am Arsch, dachte ich. Zur Musterung muss man erscheinen, denn sollte ich mich weigern, konnten sie mich wegen Wehrdienstverweigerung sofort verurteilen. Davor allerdings hatte ich viel zu viel Angst. Ich hoffte ja immer noch, dass man bei der Musterung feststellte, dass ich wehrdienstuntauglich bin.

Weit gefehlt, folgendes wurde festgestellt: ich war »tauglich«, sogar Tauglichkeitsgrad 1. Die Musterung fand im hiesigen Kreiswehrersatzamt statt und wurde von Ärzten der Bundeswehr durchgeführt.

Es war nichts Besonderes, ich musste nur einige Fragen über mich ergehen lassen.

Die körperliche Untersuchung allerdings war der Witz. Sie schauten mir nicht nur in den Hals, sondern auch in den Hintern, fertig war ich. Da ich Wettkampfschwimmer war und eine gute Kondition hatte, war ich natürlich »tauglich«.

„Der ideale Kampfschwimmer", sagten sie. Der Einberufungsbescheid ließ daher nicht lange auf sich warten.

Ende 1960 bekam ich die Einberufung und die Aufforderung mich bei den Panzergrenadieren in Hemer, Nordrhein-Westfalen zu melden. Da wollte ich aber nicht hin. Endlich, endlich verdiente ich in meinem Beruf richtig gutes Geld, konnte meine Eltern weiter unterstützen, und dann sowas. Nein, sagte ich, schrieb einen Brief an das Kreiswehrersatzamt, und bat um Verschiebung des Termins.

Als Grund gab ich an, ich müsse meine Eltern wegen der Krankheit meines Vaters, finanziell unterstützen. Zum Heer, und dann ausgerechnet noch zu den Panzergrenadieren, wollte ich aber überhaupt nicht.

Vom Kreiswehrersatzamt bekam ich den erhofften Aufschub, jedoch dauerte es nicht lange, und der nächste Einberufungsbescheid flatterte mir ins Haus. In dieser Zeit zogen die Kreiswehrersatzämter alle wehrpflichtigen Jugendlichen so schnell wie möglich ein.

Aus dem erneuten Einberufungsbescheid ging hervor, dass ich schon Mitte des Jahres wieder zu den Panzergrenadieren sollte, also wieder zum Heer. Anscheinend hatten sie es eilig mit mir. Ich gab aber nicht auf und stellte nochmal einen Antrag auf Verschiebung. Das klappte tatsächlich wieder, aber nur für kurze Zeit.

Der nächste Einberufungsbescheid kam prompt. Dieses Mal war er auf den 2. Oktober 1961 terminiert, aber nicht mehr als Panzergrenadier zum Heer, sondern zur Luftwaffe nach Pinneberg, in die Nähe von Hamburg.

Diesen letzten Bescheid konnte ich leider nicht mehr verschieben lassen. Das ließ das Gesetz nicht zu. Meine Eltern waren darüber natürlich sehr enttäuscht, mein Vater kochte vor Wut, denn er hatte für so einen Unsinn überhaupt kein Verständnis.

Auf meiner Arbeitsstelle waren sie auch sehr enttäuscht, konnten aber dagegen nichts ausrichten. Es war die Zeit der *»Wehrpflicht«*. Keiner konnte sich dieser Pflicht entziehen. Manche versuchten es mit einer Heirat und dachten, dann können sie nicht eingezogen werden. Das ging aber erst in späteren Jahren.

Die einzige Alternative die es damals gab, bestand darin, den Wehrdienst zu verweigern. Als Ersatz musste jeder Wehrdienstverweigerer Zivildienst leisten. Die Voraussetzungen, als Zivildienstleistender anerkannt zu werden, waren nicht leicht.

Einige schafften es aber doch, mussten dafür zwei Jahre Zivildienst leisten. Eingesetzt wurden sie dann als Hilfskraft in Krankenhäusern oder karikativen Einrichtungen.

Damit konnte ich mich aber schon gar nicht identifizieren, das war nichts für mich. So blieb mir nichts anderes übrig, als meinen Wehrdienst anzutreten. Als *»W12«* wurde ich bei der Bundeswehr geführt. Das heißt Wehrpflichtiger für zwölf Monate.

Es passte mir zwar nicht, aber dann sagte ich mir: Dieses eine Jahr schaffst du auch. Sie wollen mich unbedingt, dann sollen sie doch sehen was sie davon haben.

Mit dieser Einstellung ging ich am 2. Oktober 1961, früh morgens zum Hauptbahnhof. Vor dem Bahnhof warteten schon mehrere Jugendliche die ebenfalls einberufen waren.

Viele wurden von ihren Eltern am Bahnhof verabschiedet. Meine Eltern hatten keine Zeit, ich wollte sie aber auch nicht dabeihaben.

Von jetzt an war ich auf mich allein gestellt. Von einem Bundeswehrsoldaten wurden wir kurz und militärisch begrüßt. Anschließend verschiedenen Gruppen zugeordnet. Dieser Soldat zeigte uns durch sein Auftreten, was wir bei der Bundeswehr zu erwarten haben.

Später erinnerte ich mich daran, dass dieser »Idiot« ein Unteroffizier der Militärpolizei war. Diese »MP´s«, so wurden sie kurzer Hand von allen genannt, hatten keinen guten Ruf und waren nicht viel älter als wir.

Mit mir fuhr nur noch ein anderes, »armes Schwein« Richtung Pinneberg. Alle anderen wurden in verschiedene Zugabteile gesteckt. Ich glaube ich war der Einzige, der ohne Koffer und ohne Aktentasche zum Bund ging. Auf die Frage wo meine Utensilien sind, zückte ich nur die Schultern und dachte, die werden mir schon eine Uniform geben.

Mein, in deren Augen respektloses Verhalten, passte dem »MP´ler« nicht, denn er schaute mich strafend und missbilligend von der Seite an. Ich aber lachte in mich hinein und dachte, mich kriegt ihr nicht klein.

Die Zugfahrt nach Pinneberg dauerte fast den halben Tag. Auf fast jedem Bahnhof stiegen neue Bundis dazu, die in ihre Kasernen fuhren.

Endlich, am Bahnhof in Pinneberg angekommen, wurden wir von mehreren Soldaten in Empfang genommen. Sie hatten Listen dabei, riefen laut und deutlich unsere Namen auf, und ab ging`s auf die verschiedenen Bundeswehr-LKW`s. Dann fuhr der »Gefangenen-Transport« Richtung *»Eggerstedt Kaserne in Pinneberg«.*

Ein riesiges Areal lag vor uns. Am Kasernentor mussten wir aussteigen und wurden in verschiedene Gruppen aufgeteilt. Die Soldaten, die uns hier in Empfang nahmen, waren schon viel älter als wir. Mir fiel dabei auf, seit 5 Jahren gab es erst die Bundeswehr, da müssen die ja noch beim *»Barras«* gewesen sein, so alt waren sie.

So führten sie sich aber auch auf. An den Befehlston werden wir uns wohl noch gewöhnen müssen, oder auch nicht, dachte ich. Barras, den Ausdruck kannte ich noch von meinem Vater. Er benutzte ihn immer, wenn er von der alten Wehrmacht des 2. Weltkriegs unter Hitler sprach.

Kaum waren alle Neuankömmlinge in Gruppen aufgeteilt, ging schon der militärische Drill los. Ein junger Soldat, mit 2 Streifen auf jedem Arm, brüllte und schnauzte uns unentwegt an. Einige zuckten richtig zusammen, andere wiederum ließ das Geschrei völlig kalt.

Hier konnte man schon erkennen, wer sich vor den »Idioten« fürchtete, oder aber von ihnen begeistert war. Ich jedenfalls war es nicht. Wir mussten uns in einer 2er-Reihe hintereinander aufstellen. Schon allein das war für viele ein Fiasko. Die meisten wussten gar nicht was der Soldat von ihnen wollte.

Auf seinem Gesicht war Wut und Überheblichkeit zu erkennen. Er wurde sogar handgreiflich in dem er unseren Arm packte, und zeigte wie und wo wir uns hinstellen sollten.

Als unsere Gruppe es dann endlich verstanden und geschafft hatte, schrie er uns an: „Stillgestanden!" An unserem Gemurmel und Gelächter merkte er, dass wir ihn nicht so richtig ernst nahmen und nicht verstehen wollten.

Er lief rot an und schnauzte: „Euch werden wir schon Beine machen! Wartet mal ab, ihr seid hier nicht auf einem Kaffeekränzchen! Ihr seid hier in der Grundausbildung! Die vor euch liegenden drei Monate werdet ihr das tun was ich von euch will! Habt ihr das verstanden?"

Dann schnauzte er: „Achtung! Im Gleichschritt marsch!" Das hätte er auch freundlicher sagen können, denn niemand wusste genau wie das laufen sollte. So ein Durcheinander kann sich keiner vorstellen. Im Fernsehen habe ich schon einmal Soldaten marschieren sehen, doch das, was sich hier abspielte war ein Witz.

Auf seinen Befehl gingen wir alle gleichzeitig los. Schon nach dem ersten Schritt gab es ein heilloses Durcheinander. Es wurde geschubst, gestolpert und gelacht.

Der *»2-Streifen-Soldat«* schüttelte den Kopf, marschierte vor uns her und führte uns zu einem großen Bau inmitten der Kaserne. Es war das erste Haus sofort rechts. Ein langer Bau, 2-stöckig, ca. 80 bis 100 Meter lang.

Davor sollten wir stehen bleiben und uns im Karree aufstellen. Mit dem *»Stehenbleiben«* klappte es noch einigermaßen, es sah aber aus wie ein *»Soldaten-Auflauf«*.

Im Karree aufstellen allerdings funktionierte nicht. Keiner wusste, was er damit meinte. Dieser *»schlaue 2-Streifen-Soldat«* wusste sich aber zu verständigen.

Auf einmal hatte er ein Blatt Papier in der Hand, darauf malte er etwas. Dann kam er mit seiner Zeichnung zu uns und zeigte jedem in der Gruppe wie ein Karree aussieht.

Sofort bellte er uns wieder an: „Habt ihr Schlaumeier jetzt gesehen was ich meine? Jetzt aber zackig!"

Ich dachte nur, das ist schon eine besonders intelligente Sache, dass uns ein junger Schnösel, nicht älter als wir, mit seiner Schulbildung die Grundausbildung erklären soll. So sieht also das »Strammstehen und der Gleichschritt« aus?

Sein Gebrüll übertönte alles, denn ein Karree zu bilden wie er es wünschte, war für »Ungeübte« nicht so einfach. Dann wollte er ja auch noch, dass wir uns der Größe nach aufstellten. Das mach aber mal, wenn du nicht weißt, wie groß dein Nebenmann ist.

Es dauerte lange, bis wir endlich sein geliebtes Karree gebildet hatten. Zwar schief und krumm, doch das Karree stand. Aus diesem Bau kam dann ein etwas älterer Uniformierter, mit einem Winkel auf dem Arm und einer Kordel am Ärmel.

Der schien nicht ganz so blöd zu sein wie sein kleiner Gehilfe. Er konnte auch mit normaler Stimme zu uns sprechen indem er sagte: „Hallo Flieger, ihr seid hier in der »Eggerstedt Kaserne in Pinneberg«, und werdet eine 3-monatige Grundausbildung durchlaufen. Danach werdet ihr in entsprechende Kompanien abkommandiert für die restlichen 9 Monate eurer Militärzeit.

Übrigens, mein Name ist Bucher. Ich bin ab sofort euer Spieß. Ihr werdet jetzt auf eure Stuben verteilt. In einer halben Stunde treffen wir uns hier unten wieder.

So plötzlich, wie er auftauchte, verschwand er auch wieder. Unser »*2-Streifen-Soldat*« kam mit einer Liste zu uns, rief unsere Namen auf und die entsprechende Stubennummer. Auf jede Stube verteilte er 8 Mann. Sobald diese zusammen waren, konnten wir abtreten und auf unsere Stube gehen.

In dem Gebäude waren in der 1. Etage ca. 40 Räume und in der unteren ca. 20 Räume. Der Rest der Zimmer war für das Ausbildungspersonal bestimmt sowie Geschäftsräume, die wir nur nach Aufforderung betreten durften.

Meine Stube musste ich mir also mit den anderen Kameraden teilen. Die Größe war ca. 6 x 5 m, darin 4 Doppelstockbetten aus Metall, zu jedem Etagenbett gehörte ein Doppel-Spind mit abschließbarem Safe. In der Mitte der Stube stand ein Tisch an dem wir gerade zu 8 sitzen konnten, und entsprechende Stühle. Das war`s.

Toiletten und Waschräume befanden sich auf der gleichen Etage des Hauses. Wer nachts zur Toilette ging musste immer über den Flur laufen. Unser Etagenbett teilte ich mir mit einem Kollegen, mit dem ich mich sofort gut verstand. Das obere Bett war für mich, das Untere nahm Hannes.

Wir waren uns sympathisch. Sein Name war Hans Hansen und er kam aus Flensburg. Die anderen 6 Soldaten kamen aus ganz Deutschland, auch aus Bayern. Die Bettenverteilung war für uns beide kein Problem.

Ok. die halbe Stunde war um, wir sollten uns wieder draußen vor der Tür versammeln. Bis aber alle im Karree standen verging tatsächlich eine ganze Stunde.

Unser Schreihals wartete schon ungeduldig auf uns, schnauzte uns aber schon wieder an: „Das üben wir noch, ihr seid hier nicht zum Vergnügen!" Die Gruppe musste sich wieder in 2er-Reihen aufstellen und ab ging es im Gleichschritt zur Kantine.

Inzwischen war es Abend geworden, mein Magen meldete sich, denn ich hatte außer einem Brötchen, und einer Frikadelle seit dem Morgen nichts mehr gegessen. Die Kantine war ein ziemlich großer Raum, in dem sogar die Tische in 2er-Reihen hintereinander angeordnet waren und Platz boten für jeweils ca. 10 bis 12 Personen.

Das gleiche Schema wie bei der Aufstellung, als wir in Gruppen eingeteilt wurden. Der »2-Streifen-Möchtegern-Soldat« schnauzte schon wieder:

„Schaut euch genau um, habt ihr verstanden worum es geht? In derselben Aufteilung wie ihr marschiert seid, werdet ihr hier sitzen. Ist das zu schwer für euch? Das werdet ihr noch kapieren, wenn nicht, üben wir das bis zum Umfallen. Wir haben hier kein Kaffeekränzchen wie zu Hause. Aus euch werden wir noch *»Richtige Soldaten«* machen.“

Er drehte sich um, und ich hatte das Gefühl, dass er in sich rein grinste. Der Kerl ging mir gehörig auf den Keks. Dieser *»Möchtegern«* wird mich nicht klein kriegen, dachte ich.

„Essen fassen“, tönte es durch die Kantine, und schon rannten die ersten los zur Essensausgabe. Hinter einer langen Theke standen Soldaten, die für die Essensausgabe zuständig waren.

„Kommando zurück“, hörten wir ihn wieder schreien. „So geht das nicht, Disziplin ist angesagt, immer der Reihe nach. Immer der erste Tisch, dann der zweite und immer so weiter. Sehe ich etwas anderes, gibt es kein Essen und wir treffen uns draußen wieder!“

„Ist der doof“, hörte ich meinen Nachbarn sagen, „der hat doch nicht alle Tassen im Schrank“, „das macht der nicht lange mit uns, glaub mir.“ Ich sah meinen Nachbarn an und sah in das Gesicht meines Zimmergenossen Hannes.

„Du hast Recht", antwortete ich ihm, und wir grinsten beide. Da habe ich schon mal den richtigen Kumpel gefunden, dachte ich, der denkt genau wie ich. Klasse!! Wir ließen uns nur nichts anmerken, *»er«* sollte nicht direkt auf uns aufmerksam werden.

Das Essen in der Kantine war in Ordnung, es gab fast alles. Sogar eine deftige Erbsensuppe am Abend. Zu trinken gab es Tee, Kaffee, Sprudel und Apfelsaft. An ein Glas Bier war nicht zu denken.

Im hinteren Teil der Kantine sah ich noch einen Tresen mit Zapfhähnen. Anscheinend konnte man aber hier doch Bier bekommen. Während des Essens wurden wir dann von dem *»2-Streifen-Soldaten«* in ganz normaler Lautstärke aufgeklärt, dass wir, wenn unser Dienst zu Ende ist, in der Kantine auch andere Lebensmittel kaufen könnten. Dazu gehörten auch Bier und Wein, jedoch nur in Maßen. Alkoholleichen würde es in seiner Kompanie nicht geben.

Allerdings nur gegen Bares. Wir sollten als *»W12er«,* die stolze Summe von 69.00 DM im Monat bekommen und das musste für unsere Bedürfnisse reichen. Für alle anderen Sachen war die Bundeswehr zuständig. Da brauchten wir uns keine Sorgen machen, wurde uns vorher bei der Musterung mitgeteilt.

Im Augenblick dachte ich nicht groß darüber nach, ich musste mich erst an die *»Freiheitsberaubung«* gewöhnen. Nachdem dann alle mit dem Abendessen fertig waren, stellten wir uns wieder vor der Kaserne in 2er-Reihen auf um geschlossen zur Kleiderkammer zu marschieren.

Sie befand sich nur einen Block weiter. Schlange stehen war angesagt, jeder kam an die Reihe, man musste nur Geduld haben. Fleißige Soldaten hinter den Schaltern bemühten sich redlich, alles für uns zu finden.

Als erstes erhielten wir einen Seesack. Dann kam die Frage: „Größe?" Mit geübtem Blick wurden wir von oben bis unten *»gescannt«.* Was dann an Klamotten an uns übergeben wurde, konnte ich nicht glauben.

Unterwäsche in Olive-grau, Socken, Trainingsanzug, Turnzeug, Kampfanzug, Ausgehuniform, Hemden, Schirm-Mütze, Schiffchen, Stahlhelm, Gasmaske, Taschentücher und noch einige Kleinigkeiten. All diese Sachen mussten wir in den Seesack packen. Aus dem Hintergrund hörten wir nur: „Wenn es nicht reingeht, habt ihr nicht richtig gepackt. Das üben wir dann noch!"

Noch hatte ich keine Stiefel, keine Uniform-Schuhe, keine Sportschuhe und keine Arbeitsschuhe. Der, ich sage mal *»Einkleider«,* war im hinteren Teil der Kleiderkammer verschwunden und suchte für mich die passenden Schuhe. Er hatte meine Schuhgröße geschätzt und brachte mir das erste Paar in Größe 44, nur war das nicht meine Größe.

Ich schob sie ihm zurück und sagte: „Da kann ich nichts mit anfangen ich habe Größe 47." „Haben wir nicht", hörte ich nur. „Die müssen wir erst anfordern, kannst morgen wiederkommen, kann aber auch länger dauern."

Schöne Scheiße, dachte ich nur. Wenn die hier meine Schuhgröße nicht haben, kann ich ja gleich wieder nach Hause fahren. Ein Lächeln huschte über mein Gesicht. „Das kannst du dir gleich abschminken", hörte ich ihn sagen „wir haben bisher noch jeden eingekleidet." Als wenn er meine Gedanken gelesen hätte, auch auf seinem Gesicht war ein Lächeln.

Na dann, dachte ich, bleiben mir nur meine alten abgewetzten Schuhe die ich trage. Das wird ja eine super Zeit, aber mir soll`s egal sein. Die ganze Einkleiderei dauerte so ca. 2 Stunden. Dann ging es zurück zur Unterkunft.

Wir hatten den Rest des Abends damit zu tun unsere neuen Kleider in unserem Spind unterzubringen, was nicht einfach war. Jeder verstaute seine Klamotten, seiner Ansicht nach, so gut es ging.

Außerdem musste das Bett noch *»gebaut«* werden. Natürlich machte jeder sein Bett so wie er es für richtig hielt, oder gewohnt war.

Müde, oder besser gesagt kaputt waren wir, da hörten wir den Spieß auf dem Flur schreien: „Zapfenstreich." Das Licht erlosch.

Wir wollten uns noch ein wenig über den Tag unterhalten, waren aber so müde, dass wir einfach einschliefen.

Ich hatte das Gefühl, in der Nacht gar nicht geschlafen zu haben als ich entfernt hörte: „Kompanie aufstehen, raustreten, vor der Stube aufstellen!" Noch konnte ich mit dem Gehörten nichts anfangen.

In unsere Stube kam Bewegung. Einige meiner Kameraden standen schon neben dem Bett, andere schliefen noch, sie hatten den Krach noch nicht gehört. Ziemlich benommen krabbelte ich aus dem Bett und wäre fast meinem Nachbarn Hannes in den Nacken gesprungen. Ich hatte nicht mehr daran gedacht, dass ich doch in der oberen Etage schlief.

Hannes aber machte das nichts aus, denn er winkte nur ab. Im Schlafanzug gingen wir auf den Gang und stellten uns, verschlafen wie wir noch waren, direkt vor unserer Stube auf.

Der Spieß, und seine »unterbelichteten Helfer« gingen nervös auf dem langen Flur hin und her, schrien alle Männer vor ihren Stuben an:

„Seid ihr denn von allen guten Geistern verlassen? Ihr habt in einer Reihe stramm zu stehen und Meldung zu machen!" Etwas leiser hörten wir den Spieß sagen: „Diese verfluchten Neulinge, das wird ja wieder ein Spaß denen Manieren beizubringen, verdammt! Das üben wir noch!"

Dann wurden wir aufgefordert, die Waschräume aufzusuchen und in einer halben Stunde sollten wir vor dem Bau im Karree antreten. Da die Waschräume für alle Soldaten viel zu klein waren, gab es ein heilloses Durcheinander. Zwei Räume, in dem einen befanden sich ca. 30 Toiletten und in dem anderen waren ca. 30 Waschbecken.

Auf unserer Etage waren ca. 300 Soldaten, die sollten in 30 Minuten ihre Morgentoilette verrichtet haben? Wie sollte das denn wohl funktionieren? Gut, es waren einige dabei, die haben sich nicht gewaschen, Schweine gibt es ja immer.

Irgendwie haben es alle dann doch geschafft, nach ca. einer halben Stunde, vor der Unterkunft im Karree anzutreten. Es sah lustig aus. Ein bunter Haufen Soldaten. Ich musste lachen. Was das hier für Soldaten sind, in Sportzeug, andere im Drillich oder Kampfanzug, sogar einer noch im

Schlafanzug. Unser *»Oderdödel«* flippte fast aus. Er sah aus wie *»Rudi Ratlos«.*

Wie aus heiterem Himmel war der Spieß plötzlich zur Stelle, und sagte in ganz normalem Tonfall: „Soldaten, so geht das nicht. Wenn morgens zum Apell gerufen wird, habt ihr immer im Drillich zu erscheinen, merkt euch das."

Einige lachten und tuschelten untereinander. Ein ganz Schlauer machte sich bemerkbar, in dem er den Spieß direkt ansprach: „Herr Hauptfeldwebel, wir sind nicht unterrichtet worden." „Halten sie die Schnauze", hörte ich den Spieß nur sagen und weiter: „Hoffentlich ist das Bett bald hier."

Zwei Soldaten in Uniform kamen um die Ecke und brachten tatsächlich ein Bettgestell mit. „Damit ihr wisst wie ihr eure Betten zu machen habt, werden wir es euch hier einmal zeigen. Passt genau auf, ein zweites Mal wird es nicht geben."

Er gab dem *»Oberdödel«* ein Zeichen, der sofort ganz zackig antwortete: „Jawohl, Herr Hauptfeld!" Dann machte unser Schreihals vor unseren Augen das Bett. Als er damit fertig war, zeigte er es uns ganz stolz und sagte laut und deutlich:

„So, Soldaten, hat jeden Morgen euer Bett auszusehen. Ich mache die Inspektionen. Sollte ich nur einmal sehen, dass ihr geschlampt habt, reiße ich es auseinander und es gibt eine Strafe für denjenigen der meint, ist ja halb so schlimm."

Und wieder brüllte er uns an: „Wegtreten, in einer halben Stunde sind eure Betten gemacht und ihr steht hier unten im Drillich."

Daraufhin rannten einige, so schnell sie konnten ins Haus, auf ihre Stuben. Hannes und ich schauten uns an, grinsten und gingen im Normalschritt auf unsere Stube. Schon schrie er wieder hinter uns her: „Muss ich euch erst Beine machen? Im Laufschritt, marsch!"

In der halben Stunde schafften wir es, unsere Betten zu machen und uns noch umzuziehen. Als Hannes und ich fertig waren, gemütlichen Schrittes hinuntergingen, sahen wir durchs Fenster, dass die meisten schon im Drillich im Karree standen.

Wir waren aber doch nicht die letzten, es kamen noch einige Nachzügler, die sofort wieder angeschnauzt wurden. Was war das bloß immer für ein blödes Geschrei? Ich hatte den Eindruck, alle »Möchtegerne, Großkotze, Schleimer, Besserwisser« usw. haben sich hier bei der Truppe versammelt.

Als wir endlich vollzählig waren, hieß es: „Stillgestanden, abzählen!" Unser »Oberdödel OA«

zeigte auf den ersten im Karree, forderte ihn auf mit dem Abzählen zu beginnen. „Eins, zwei, drei, und eins, fünf, sechs, und eins, acht: „Stopp", schrie er dazwischen, „was ist das für ein Sauhaufen? Könnt ihr noch nicht einmal abzählen?"

„Doch, Herr Obergefreiter!", hörte ich eine Stimme aus der Reihe der Soldaten. Anscheinend war unter uns jemand, der wusste, welchen Dienstgrad dieser *»Oberdödel«* hatte. „Abzählen, aber richtig!", schrie er uns wieder an. Auch dieses Mal klappte es nicht mit dem Abzählen, denn einige konnten anscheinend nicht richtig zählen.

Die Prozedur dauerte ca. 20 Minuten bis wir damit fertig waren. Der *»Oberdödel«* kramte umständlich einen Zettel aus seiner Hosentasche und schaute nach ob die Zählung stimmte. Dann schritt er die ganze Kompanie ab und musterte jeden einzeln. Als er bei mir angekommen war, bellte er mich an: „Vortreten, soll das der Drillich sein. In fünf Minuten stehen sie wieder hier mit den richtigen Schuhen!"

„Geht nicht", sagte ich nur. „Was geht nicht?", hörte ich. „Ja geht nicht", antwortete ich wieder. „Ich habe keine anderen Schuhe".

Das blöde Gesicht zu sehen, war es mir wert, so zu antworten. „Wieso haben sie keine Arbeitsschuhe?", wollte er wissen.

„Ich habe keine bekommen, waren nicht da", sagte ich.

„Sie melden sich sofort in der Kleiderkammer, der Rest im Gleichschritt, marsch! Auf zum Exerzierplatz!", waren seine Worte. Ich drehte mich um und machte mich auf den Weg zur Kleiderkammer.

Die Truppe marschierte im Gleichschritt zum Exerzierplatz. Was sie dort sollten, konnte ich nur ahnen. Da brauchte ich erst einmal nicht hin. Gemütlich ging ich Richtung Kleiderkammer um meine, mir für heute versprochenen Schuhe abzuholen.

Dort angekommen, wurde ich schon wieder angeschrien: „Was wollen sie denn hier?" „Ich soll meine Schuhe abholen", sagte ich freundlich. Mein Gegenüber schaute mich ungläubig an und fragte: „Name?" „Hellweg", antwortete ich. „Muss ich nachsehen", gab er mir zu verstehen, und verschwand in den hinteren Räumen. Ich stand da, wie bestellt und nicht abgeholt. Nach einer Weile kam er zurück: „Sind nicht da."

An diese Kurzform der Kommunikation muss ich mich wohl gewöhnen, und fragte wiederum höflich: „Wie lange?" „Keine Ahnung, morgen", war seine knappe Antwort. Unverrichteter Dinge konnte ich meinen Rückzug antreten. Was sollte ich auch machen? Langsam ging ich zurück zu unserer Unterkunft.

Zum Exerzierplatz brauchte ich mit meinen privaten Schuhen erst gar nicht gehen, ich würde sowieso nur angeschnauzt. So ging ich auf unsere Stube und wartete ab, was geschehen würde. Es dauerte nicht lange, da kamen meine Kameraden vom Exerzierplatz zurück. Schon wieder hörte ich: „Stillgestanden! Wegtreten! In 10 Minuten im Lichthof! Aber zack, zack!"

Es wurde wieder einmal sehr laut in der Unterkunft. Die Kompanie rannte auf ihre Stuben um sich umzuziehen. Ich hatte keine Ahnung, welches Kommando sie beim Exerzieren bekommen haben. Dabei wunderte mich nur, dass Hannes nicht versuchte sich umzuziehen.

Auf Nachfrage meinte er nur: „Den habe ich nicht verstanden, der schreit mir zu viel herum." Da er keine Anstalten machte sich umzuziehen, blieb ich auch im Drillich. Andere auf unserer Stube zogen Trainingssachen an, einige sogar die Ausgehuniform.

An meinem Blick sahen sie, dass ich keine Ahnung hatte, sie aber wohl auch nicht. Was soll es, dachte ich. Der »Zweistreifen-Blödmann« wird sich gleich schon melden und uns zusammenscheißen.

Lichthof, wo ist der denn? Niemand hatte es uns erklärt. Ich ging auf dem Flur einfach der Meute nach, die sich in der Mitte des Flures, auf einer großen freien Fläche versammelte. Sollte das etwa der Lichthof sein?

Schon hörten wir unseren speziellen *»Obergefrei-ten«* herumschreien: „Ihr Hornochsen, was habe ich euch gesagt wie ihr erscheinen sollt? Anscheinend wollt ihr mich verarschen. Im Drillich ist die Kompanie hier wieder in 10 Minuten versammelt. Wer das nicht kapiert, bekommt es mit mir zu tun. Das ist dann kein Zuckerschlecken. Marsch, marsch!"

Alle rannten wieder in ihre Stuben. Nur Hannes und ich, wir störten uns nicht an das Gebrüll, gingen gemütlich die wenigen Schritte bis zu unserer Stube, und wieder zurück. Es war noch keine Minute vergangen, schon standen wir als erste im Lichthof, natürlich im Drillich. Wenn ein *»Idiot«* besonders blöd gucken kann, dann der *»Oberdö-del«*, als er uns sah.

Nach und nach trudelten aber auch alle anderen Kameraden hier ein. Im Lichthof waren genügend Sitzgelegenheiten für die ganze Kompanie vorhanden.

„Hinsetzen!", schrie er schon wieder und „abzählen!" Dieses Mal funktionierte sogar das Abzählen.

„Geht doch", hörten wir ihn nur sagen. „Soldaten", sagte er in normaler Lautstärke, „hier treffen wir uns immer zum staatsbürgerlichen Unterricht."

Er hatte sich hinter einem Pult aufgestellt und erklärte uns dann in aller Ruhe, was wir unter „staatsbürgerlichem Unterricht" zu verstehen haben. An Hand unseres Gemurmels merkte er aber schnell, dass uns das anscheinend gar nicht interessierte. „Ruhe", brüllte er schon wieder.

„Ich werde Euch schon Gehorsam beibringen!"

„Ich glaube nicht", sagte eine Stimme hinter mir. „Wer war das? Wer hat hier etwas zu melden? Wenn ich sage Ruhe, dann ist hier Ruhe", tönte es von ihm.

„Glaubst auch nur du", kam es aus einer anderen Ecke. Anscheinend hatte er das nicht gehört, denn er begann uns die Rangordnung der Bundeswehr zu erklären:

„Flieger", hört genau zu. „Ihr habt alle den niedrigsten Dienstgrad, und der heißt bei der Luftwaffe Flieger. Ihr seid in der Grundausbildung und ich werde euch jetzt die Rangabzeichen der Luftwaffe erklären."

Aus einer Ecke holte er ein Gestell, schob es in die Mitte, direkt vor das Pult. Darauf war eine große Karte mit allen Rangabzeichen der Bundeswehr. Für uns, und das wussten wir, waren erst einmal nur die der Luftwaffe wichtig. Er zeigte auf die untere Reihe und meinte:

„Seht genau hin, hier steht ihr. Wenn ihr es schaffen solltet, einen dieser begehrten Streifen zu bekommen, dann dürft ihr euch Gefreiter nennen. Bis dahin ist es aber noch ein langer und steiniger Weg. Wer von Euch hat Abitur, oder mittlere Reife? Vortreten!"

Einige Übereifrige meldeten sich spontan und nahmen neben ihm Aufstellung. „Das sind diejenigen, die es vielleicht nach drei Monaten schaffen können, also direkt nach der Grundausbildung, den begehrten Streifen eines Gefreiten zu bekommen", meinte er.

Aus der rechten Ecke hörte ich deutlich eine Stimme: „Wer zum Kuckuck will das schon?" „Denkt einmal darüber nach, ihr seid hier bei der Bundeswehr", sagte er weiter, „es muss euch eine Ehre sein, eurem Vaterland zu dienen!" „Das meinst aber auch nur du", kam wieder eine Stimme aus der Truppe.

Der »Supersoldat« vor uns hatte es anscheinend nicht gehört, er erklärte die Reihenfolge der Rangabzeichen. Nur einige waren interessiert, die anderen hörten überhaupt nicht zu und unterhielten sich mit ihren Nebenmännern, würdigten seine Ausführungen keines Blickes.

„Ruhe", schrie er uns schon wieder an. „Gleich bekommt jeder Flieger eine Kopie dieses Plakats, damit ihr bis morgen die Rangordnung gelernt und verstanden habt", fuhr er fort.

Im Laufe des Unterrichts zeigte er uns die weiteren Gruppen, wie Mannschaftsdienstgrade, Unteroffiziersränge, Gruppen der Feldwebel, Offiziere und Generäle. Auf den Gesichtern meiner Kameraden sah ich Erstaunen oder aber auch Langeweile.

Nachdem er sicher war uns genug gepiesackt zu haben, schnauzte er uns an: „Wegtreten! Um 12 Uhr antreten zum Essenfassen!"

Er hatte nicht damit gerechnet, dass wir plötzlich anfingen alle laut zu klatschen. Sein Gesicht verfärbte sich augenblicklich, aber er ließ uns ohne weiteres auf unsere Stuben gehen. Alles, was wir bisher gehört haben, musste erst einmal verarbeitet werden. Bis zum Essenfassen hatten wir dazu genug Zeit.

Jeder auf unserer Stube hatte mit sich selbst zu tun, mancher führte Selbstgespräche. Es war wohl doch nicht so einfach, sich in der neuen Umgebung zurechtzufinden.

Acht wildfremde, junge Männer mussten sich zusammenraufen, das war nicht einfach. Und doch waren auch hier einige, die sich sofort verstanden und anfreundeten.

Ich sah mir das alles an und war mit meinem Kumpel Hannes zufrieden. Die anderen interessierten mich nicht. Ich musste nur mit ihnen auf einer Stube leben, mehr nicht.

Einer dieser Jungs machte auf mich einen seltsamen Eindruck, er versuchte erst gar nicht mit irgendjemandem in Kontakt zu kommen, er sonderte sich ab.

Eigenartig, dachte ich. Keiner meiner Stubenkameraden sprach ihn an und näherte sich ihm. Sie ließen ihn links liegen, als wäre er Luft für sie. Ich wusste nicht, was ich davon halten sollte. Ich begriff nichts!

Ich machte mir aber keine Gedanken darüber, während wir auf dem Flur schon wieder den Spieß schreien hörten: „Soldaten, antreten zum Essenfassen!"

Da wir bisher keinen Befehl erhalten hatten, wie wir erscheinen sollten, versammelten wir uns wieder vor unserem Block im Karree, allerdings als bunter Haufen. Einige im Drillich, andere im Trainingsanzug und andere im Kampfanzug. Ich musste schon lachen, als ich mich umschaute, wartete dabei nur noch auf das Geschrei vom Spieß.

Kaum angedacht, hörte ich schon: „Euch hat man wohl ins Gehirn geschissen! Zum Essen gehen wir grundsätzlich im Drillich, marsch ab, in fünf Minuten wieder hier im Drillich. Sonst lernt ihr mich richtig kennen."

Hinter mir hörte ich nur: „Brauchen wir nicht, Arschlöcher kennen wir genug!" Gott sei Dank hatte das der Spieß nicht gehört, wer weiß was sonst noch passiert wäre. Es dauerte natürlich mehr als fünf Minuten, bis die Kompanie wieder vollständig angetreten war.

Dieses Mal war sogar der Spieß mit unserer Aufstellung einverstanden. „Geht doch", hörten wir ihn leise sagen. Dann ging es ab im Gleichschritt zur Kantine. Nur das mit dem Gleichschritt wollte wieder nicht klappen. Irgendeiner kam damit nicht zurecht, und schon war es aus mit dem Gleichschritt.

Ich fragte mich mal wieder, was die blöde Schreierei eigentlich soll, warum müssen wir im Gleichschritt zur Kantine gehen? Welchen Nutzen hat das, oder wem bringt das was? Darauf hatte ich keine Antwort. Aber unser *»Oberdödel«,* der uns anfeuerte, sah das wohl anders.

Obwohl es gar nicht weit bis zur Kantine war, mussten wir zwischendurch mehrmals „Stillstehen, Ausrichten, Abzählen!" Dann kam wieder das Kommando: „Im Gleichschritt, marsch!" Durch diese blöden Kommandos benötigten wir ca. 30 Minuten für eine Strecke von höchstens 300 Metern.

Dieses Anschreien, diese unnützen Kommandos, das ganze Hickhack, wofür? Sind wir etwa nach diesem Theater schlauer, oder bessere Soldaten? Wir hätten auch normal zur Kantine gehen können. Aber nein, wir müssen ja angeschrien, zusammengeschissen und gedemütigt werden.

In diesem Verein versammelten sich meiner Meinung nach, die größten »Arschlöcher und Armleuchter«, denen ich je begegnet bin. Was soll ausgerechnet ich hier?

Ich durfte nicht darüber nachdenken, dass mich das alles ankotzte, und wie stumpfsinnig und gleichgültig ich wurde, je länger ich diesen »Vollidioten« ausgeliefert bin. Noch einige Tage hier, und ich reagiere auf nichts mehr! Eine »Leck mich am Arsch-Stimmung« hatte ich da aber noch nicht.

In der Zwischenzeit hatten wir die Kantine erreicht, doch schon beim Hineingehen spielte der »Herr Obergefreite« wieder Gott. Er bestimmte wie und wo wir uns hinsetzen sollten. Totaler Schwachsinn! Wo sind wir eigentlich hier? Fast erwachsene Männer müssen sich von einem »Obertrottel« durch die Gegend jagen lassen.

Das ist also die Bundeswehr, oder ist es nur während der Grundausbildung so schlimm? Ich habe immer angenommen, dass die Bundeswehr zum Schutz des Vaterlandes aufgestellt wurde und frage mich, was hat dieses schwachsinnige Gehabe einzelner Vorgesetzter mit dem Schutz des Landes zu tun?

Das werde ich nie begreifen. An dem Verhalten meiner Kameraden merkte ich, dass sie sich die gleichen Gedanken machten. Es gab natürlich auch einige Dienstgeile unter uns, die das für sehr wichtig hielten.

Aus den Erzählungen unserer Väter und Großväter hörten wir manchmal: „Euch sollte man mal zum Militär schicken, da werden sie euch schon die Hammelbeine langziehen und eure Flausen werden vergehen. Zucht und Ordnung müsst ihr lernen, damit ihr gehorchen könnt wenn euch etwas aufgetragen wird. Aus euch werden die schon richtige Männer machen. Das hat noch niemandem geschadet."

Wenn ich jetzt zurückblicke frage ich mich: „Was hat die Soldatenzeit denn aus unseren Vätern und

Großvätern gemacht? Etwa bessere Menschen? Nein, das glaube ich kaum. Ja-Sager und Duck-Mäuser, mehr nicht.

Das aber lag einzig und allein nur am System. Im Nachhinein habe ich von meinem Vater einiges über das Hitler-Regime erfahren. Ich weiß nicht, wie ich mich unter den damaligen Voraussetzungen verhalten hätte. Erzählen kann man viel, ob man aber auch wirklich so reagiert hätte, wenn die SS (braune Brut), oder die Gestapo (gefürchtete Geheimpolizei) hinter einem steht, wage ich zu bezweifeln.

So sollten wir bestimmt nicht werden. Wir sollten hier doch sicher gradlinige, und selbstbewusste junge Menschen werden, die nicht gleich jedem »Hammel oder Arschloch« hinterherkriechen. Was ich bisher hier in der Kaserne erlebe, ist genau das Gegenteil."

Schluss mit den Gedanken, jetzt ist Essenszeit. Während wir noch mit dem Mittagessen beschäftigt waren, rannte unser »Aufpasser« schon ganz aufgeregt hin und her. Bestimmt hatte er sich wieder eine neue Schandtat einfallen lassen, dachte ich.

So war es dann auch. Er suchte Freiwillige, die jeden Morgen eine Stunde Küchendienst machen wollten, besser gesagt sollten.

Auf seinem Gesicht stand *»Enttäuschung«* groß-geschrieben. Keiner meldete sich.

Wir konnten in die Küche sehen, sahen dort einige Frauen die für den Küchendienst bei der Bundeswehr extra eingestellt waren. Wie wir hörten, reichten diese Kräfte aber nicht aus. Sie sollten außerdem noch von einigen Freiwilligen unterstützt werden. Da stand auf einmal *»Großmaul«* vor mir.

Oh, oh, das ist gar nicht gut, dachte ich. Und ich hatte Recht. Ich wurde einfach zum *»Küchendienst«* abkommandiert.

Auf meine Frage: „Wieso gerade ich?", bekam ich die lapidare Antwort, „solange sie ihre Privatschuhe tragen, kann ich sie nicht in der Grundausbildung gebrauchen!" Er drehte sich um und bestimmte noch ein paar Kameraden für den Küchendienst.

Damit war das Thema für ihn beendet. Aber auch das Essen war beendet. Wir marschierten wieder zu unserer Unterkunft. Kaum angekommen, hofften wir jetzt eine kleine Pause zu haben. Weit gefehlt, das war der berühmte Satz mit X.

Der Spieß ließ uns schon wieder im Karree antreten. Eine Stunde lang „Revier-Saubermachen" war angesagt.

Willkürlich wurden wir eingeteilt. Einige hatten das Glück, den Außenbereich der Unterkunft zu reinigen, dadurch waren sie wenigstens an der frischen Luft. Andere den Innenbereich wie Flur, Treppenhaus usw. Unsere Stube hatte natürlich mal wieder die Arschkarte gezogen, wir waren für den Waschraum, und für die daneben liegenden Toiletten zuständig. Nicht gerade angenehm, aber da mussten wir durch.

8 Soldaten unserer Stube durften sich aussuchen, wer sich für die Toiletten, und wer sich für den Waschraum verantwortlich fühlte. Da ich schon beim Anblick der Toiletten mit mir kämpfen musste, mich nicht sofort zu übergeben, hatte einer meiner Stubenkameraden Mitleid mit mir. Ich durfte mit drei anderen den Waschraum reinigen.

Laufend kam einer unserer Ausbilder vorbei und stauchte uns zusammen. In deren Augen machten wir sowieso nichts richtig. Wir schafften es jedoch, in der uns zur Verfügung stehenden Zeit, diese Aufgabe zu vollenden.

Kaum war die Putzstunde vorbei, wurden wir schon wieder zum Appell vor die Unterkunft gerufen, um uns erneut zusammenscheißen zu lassen. Dass wir deswegen grantig und unruhig wurden, merkte der Spieß glaube ich selbst, und dass es uns gar nicht gefiel, wie er mit uns umging, auch.

Doch der hatte er ein dickes Fell, denn er ließ uns wieder strammstehen und schrie uns an: „Ihr meint wohl, die heutige Säuberungsaktion wäre erfolgreich gewesen. Da irrt ihr aber gewaltig! Das üben wir noch!"

Und weiter: „Damit ihr demnächst wie zivilisierte Menschen grüßen könnt, marschieren wir jetzt zum Exerzierplatz und üben den einwandfreien Soldatengruß. Abmarsch!" Schon gings im Gleichschritt zum Exerzierplatz. Warum wir dafür dorthin marschieren mussten, war uns allen ein Rätsel. Grüßen lernen, hätten wir auch direkt vor unserer Unterkunft gekonnt.

Dort angekommen, erst einmal wieder strammstehen. Von einem anderen Unteroffizier wurden wir empfangen und sogar freundlich begrüßt. Wir schauten uns um und verstanden die Welt nicht mehr. Was war das denn? Sollten nicht alle so bescheuert sein?

In ganz normaler Lautstärke sprach er zu uns und wollte von uns wissen, welche Lieder wir kennen würden. Ob wir in einem Verein, oder einer Jugendorganisation schon einmal gesungen haben. Einige meldeten sich daraufhin, und gaben den einen oder anderen Titel zum Besten. Genau diese Lieder würden wir beim nächsten Marsch singen. Mit Gesang wird das Marschieren einfacher und es wird den Zusammenhalt verbessern.

Morgen, beim Appell, bekämen wir die Liedtexte die wir lernen sollten. Dann erklärte er uns wie ein Soldat zu grüßen habe. Ein Gemurmel ging durch die Truppe, einige amüsierten sich, andere waren total begeistert.

Er gab uns unmissverständlich zu verstehen, dass wir jeden Vorgesetzten dem wir begegnen, als erstes, ohne Aufforderung sofort und ohne zu zögern grüßen müssten. Verstanden haben wir das zwar nicht, aber wir mussten uns darauf einstellen, dass Zuwiderhandlungen, also Nichtgrüßen, Konsequenzen haben würden.

Dann zeigte er uns wie wir zu grüßen hätten. Es war für mich unsinnig und witzig zugleich. Die rechte Hand anwinkeln, ausstrecken und mit der ausgestreckten Hand seitlich die Mütze berühren. Dann die Hand und den Arm am Körper heruntergleiten lassen bis sie wieder seitlich am Körper anliegt.

Natürlich haben die wenigsten das sofort kapiert. Er machte es uns einige Male vor, wir versuchten es richtig nachzumachen.

Ich glaube alle Wehrpflichtigen die sich hier in der Kaserne wohlfühlten, vielleicht sogar vom Drill begeistert waren, haben es auf Anhieb verstanden und gekonnt. Ich konnte und wollte das nicht kapieren, denn es war für mich nicht wichtig.

Er aber meinte: „Das werden wir noch üben, bis es euch in Fleisch und Blut übergeht. Ihr wollt euch doch nicht lächerlich machen, wenn ihr außerhalb der Kaserne seid", da musste ich schon schmunzeln.

Weil er auf einigen Gesichtern anscheinend ein Lächeln sah, wurde er plötzlich ernst und fauchte uns an: „Freut euch nicht zu früh, ihr werdet es noch lernen, verlasst euch drauf!"

Über unser Lächeln muss er sich wohl sehr geärgert haben, denn er schnauzte und gab uns den Befehl: „Wenn euch das hier alles so lächerlich vorkommt, und ihr nichts Besseres zu tun habt, als mich auszulachen, dann lauft ihr jetzt erst einmal 5 Runden um den Platz. Aber dalli, wir sind hier nicht bei der Heilsarmee!"

Wir sahen uns verdutzt an und wollten dagegen protestieren, doch die ersten liefen schon los. Ohne Murren schlossen wir uns ihnen an. Nach einigen Metern war die gesamte Truppe soweit auseinandergezogen, dass die Ersten fast schon wieder die Letzten erreichten.

Aber das gefiel unserem »Ausbilder«, wie er sich nannte, schon erst recht nicht. Er schrie uns während des Laufens immer wieder an und forderte uns auf, aufzuschließen und nicht so lahmarschig zu laufen.

Er wusste wahrscheinlich ganz genau, dass die meisten von uns keine Langstreckenläufer waren, und vielleicht nicht laufen konnten.

Schon nach einer Runde gaben einige auf, und setzten sich einfach auf den Boden. Während die Übereifrigen sich sehr beeilten es ihm richtig zu machen, sahen wir wie sich seine Mimik veränderte.

Vor Wut überschlug sich seine Stimme förmlich: „Seid ihr von allen guten Geistern verlassen? Was bildet ihr euch ein? Ihr seid nicht beim Zirkus, wo jeder machen kann was er will. Hier herrscht Gehorsam. Und das bringe ich euch noch bei!"

Die wenigsten störte sein Geschrei. Manche liefen einfach weiter und grinsten in sich hinein, andere hatten keine Luft mehr und blieben stehen, oder setzten sich einfach auf den Boden. Ein heilloses Durcheinander entstand. Als dann die ersten ihre fünf Runden gelaufen waren, brach er das ganze ab und befahl uns: „In zwei Minuten steht ihr hier in Reihe und Glied. Ich werde euch beweisen, dass das besser geht!"

Aus den zwei Minuten wurden mindestens zehn Minuten, bis der ganze Haufen es endlich geschafft hatte, in Reihe und Glied, wie dieser Verrückte es befahl, anzutreten. Nur diejenigen, die sich hervortaten um zu beeindrucken, standen schon stramm an vorderster Front. Die restlichen der Truppe aber, schon halb tot oder voll ausgepowert, versuchten es dennoch in Reihe und Glied zu stehen.

Ich amüsierte mich darüber köstlich. Blöd war nur, dass ausgerechnet dieser »Spinner« von Unteroffizier mich dabei beobachtete, und rot anlief. Ich konnte auch sehen wie der oberste Knopf seines Hemdkragens beinahe abzuspringen drohte, so kochte er innerlich.

Dann baute er sich so richtig vor mir auf, schaute mich von oben bis unten mitleidig an, und brüllte los: „Was gibt es da zu grinsen? Flieger, sie meinen wohl etwas Besseres zu sein. Wir wollen doch mal sehen, wie sie sich heute Nacht machen. Um 24 Uhr ist für die ganze Truppe Nachtmarsch angesetzt."

Er schaute in die Runde und sagte: „Bedankt euch bei dem Kameraden für die fröhliche Nacht! Und Abmarsch, eins, zwei, drei im Gleichschritt marsch!"

Ein Raunen ging durch die Truppe, einige schauten mich böse an. Als ob ich für die Launen des »Ausbilders« zuständig wäre! Ob der »Idiot« bei meinem Grinsen auf die Idee mit dem Nachtmarsch gekommen ist, wusste ich nicht, ich behaupte es einfach:

„Der »Idiot« hatte den Nachtmarsch seit langem geplant, ganz egal wer ihm dabei unangenehm aufgefallen wäre. Es hätte genauso gut auch einen anderen treffen können."

Die meisten meiner Kameraden dachten wie ich, einige lasteten den Nachtmarsch wirklich mir an. Weil sie merkten, dass mir egal war, was sie über mich dachten, drohten sie mir leise: „Das lassen wir uns von dir nicht gefallen, du wirst es noch spüren!" Diese Drohung beeindruckte mich überhaupt nicht.

An unserer Unterkunft angekommen, wurden wir ohne einen Anschiss auf unsere Stuben entlassen. Der Rest des Tages stand uns nun zur freien Verfügung. Wir verschwanden auf unseren Stuben und ich atmete erst einmal richtig durch.

Nach dem langen Tag meldete sich unser Magen. Deshalb beschlossen die meisten in die Kantine zum Abendessen zu gehen und den Abend ruhig ausklingen zu lassen. In unseren Köpfen war aber die Drohung eines Nachtmarsches.

Niemand wusste, was auf uns zukam und wo es hingehen sollte. Darüber unterhielten wir uns während des Abendessens.

Der größte Teil blieb in der Kantine, trank einige Biere, und wollte den Tag vergessen. Genug war über uns hereingebrochen, das musste erst einmal verdaut werden. Ich hätte mir auch einige Glas Bier gegönnt, doch dazu fehlte mir das nötige Kleingeld.

Deshalb trank ich nur zwei »Fliegerbier« wie es so schön hieß. Fliegerbier war wie eine Schorle und nicht so teuer. Den Rest meines Geldes wollte ich sparen für den Fall, dass ich irgendwann mal mit dem Zug nach Hamburg fahren konnte.

Nach einer Weile merkten wir dann doch, dass der heutige Tag anstrengend genug war, und wir machten uns auf den Weg in die Unterkunft. Jeder hing seinen eigenen Gedanken nach, einige hatten noch mit ihren Klamotten zu tun. Alles musste im Spind verstaut werden.

Auf einmal hörten wir den OVD pfeifen, und anschließend rufen: „Zapfenstreich!" Es war 22 Uhr, das Licht wurde ausgeschaltet.

Für uns hieß das jetzt Schlafenszeit. Einerseits waren wir wirklich viel zu müde um noch wach zu bleiben, andererseits aber geisterte der Nachtmarsch durch unsere Gedanken. Niemand wusste was auf uns zukam. Die Anstrengungen des Tages ließen uns schnell einschlafen.

Kaum waren wir eingeschlafen, wurden wir von der Wirklichkeit aus unseren Träumen geholt.

Ein lautes Pfeifen und Rufen riss uns aus dem Schlaf. Der Spieß stand auf unserer Etage und schrie:

„Männer, raustreten zum Appell! In fünf Minuten steht ihr draußen im Kampfanzug zum Nachtmarsch!"

Wieder einmal ein heilloses Durcheinander überall. Niemand wusste so richtig, was er machen soll. Auf unserer Stube mussten wir zwei Kameraden aus dem Tiefschlaf holen während wir uns anzogen. Nur, in fünf Minuten schafften wir es nicht draußen zu stehen. Einige rannten auf die Toilette, andere schon nach draußen.

Von unseren Ausbildern hörten wir nur unverständliches Geschrei. Wir waren gerade auf dem Weg nach draußen, als uns die ersten Kameraden entgegenkamen und den Kopf schüttelten. Anscheinend wussten sie gar nicht was sie falsch gemacht hatten. Ein ständiges rauf und runter war die Folge.

Es dauerte mindestens eine halbe Stunde bis die ganze Truppe endlich in Reih und Glied, vollständig vor dem Eingang versammelt war. Dann begann das übliche „Abzählen", was wieder mal nicht sofort funktionierte. Entweder waren wir zu viele, oder zu wenige. Erst beim vierten Mal war der Spieß zufrieden.

Er schritt die Truppe ab, stellte dabei fest, dass wir nicht vollständig angezogen waren. Vollständig heißt: Kampfanzug, Stahlhelm, Sturmgepäck, Gewehr. Daran haperte es schon, denn ein Gewehr hatten wir bisher nicht bekommen.

Den Kampfanzug hatten wir alle an. Sturmgepäck und Stahlhelm hatten nur einige dabei. Schon schnauzte er uns wieder an: „Wegtreten, in fünf Minuten steht ihr wieder hier aber vollständig angezogen!" Kampfanzug war allen klar, nur dass dazu auch Stahlhelm und Sturmgepäck gehörte, wussten wir doch nicht.

Die *»Übereifrigen«* und *»Dienstgeilen«* waren natürlich richtig angezogen. Pech war nur, auch sie wurden wieder, mit den anderen, auf die Stuben gejagt, um gleich wieder anzutreten. Sie fluchten, machten die anderen dafür verantwortlich, dass sie den Weg nochmals machen mussten. Nur das störte den Spieß und seine *»Lakaien«* nicht.

Zum letzten Mal wurde unser Haufen auf Vollzähligkeit überprüft. Beim Abzählen stand ein Obergefreiter OA plötzlich vor mir: „Raustreten, wie sehen sie denn aus? Wo sind ihre Kampfstiefel? Sie wollen mich wohl verarschen, was?", schrie er mich an.

„In der Kleiderkammer, wenn ich Glück habe," sagte ich.

Wie aus dem Nichts standen alle Ausbilder vor mir, musterten mich von oben bis unten, während der Spieß mich anbrüllte: „Sind sie denn von allen guten Geistern verlassen? So wollen sie den Nachtmarsch antreten? Hoffentlich haben sie bald ihre Kampfstiefel an, aber zack, zack!"

„Geht nicht, Herr Hauptfeldwebel, wenn ich Glück habe bekomme ich meine Schuhe morgen, sagte man mir in der Kleiderkammer", erwiderte ich.

So blöd wie der, hat noch niemand geguckt.

„Zur Strafe melden sie sich sofort beim OVD, sie haben während des Marsches Nachtwache!", hörte ich ihn fast flüstern. Wenn Blicke töten könnten, gäbe es mich nicht mehr.

Dann wandte er sich der Truppe zu mit dem Befehl: „Im Gleichschritt marsch, eins, zwei drei, ein Lied! Männer ich will ein Lied hören."

Was sollte ich jetzt machen? Als sie alle verschwunden waren, ging ich ins Gebäude und meldete mich beim OVD.

Der sah mich verdutzt an, wollte von mir wissen was ich will. Nachdem ich ihm erklärte, dass der Spieß mich hierhergeschickt hat, weil ich noch keine passenden Schuhe habe, sah ich in ein lachendes Gesicht.

„So, so, wegen der Schuhe also. Was Besseres ist ihnen auch nicht eingefallen? Wo sind denn Ihre Stiefel?", meinte er ganz gelassen. „In der Kleiderkammer denke ich", sagte ich, höflich wie ich nun einmal bin. Wie aus der Pistole geschossen kam seine Frage: „Größe?" „46, 47", antwortete ich genauso knallhart.

Anscheinend war er damit zufrieden. Kein Kommentar. Ich dachte mir, der kennt das Problem mit der Kleiderkammer, sonst hätte er mir bestimmt noch weitere Fragen gestellt.

Ich weiß zwar nicht wie oft es schon vorgekommen war, dass sich mancher Soldat in der Grundausbildung vor einem Nachtmarsch drücken wollte, doch das Problem mit den Schuhgrößen kannte er wohl. Der OVD war ja direkt menschlich.

Er war nicht so überheblich wie viele der »Ausbilder«. Vielleicht lag es aber auch daran, dass er einen höheren Dienstgrad hatte. Wie ich an den zwei silbernen Sternen auf seinen Achselklappen sehen konnte, war er Oberleutnant. Dafür war er noch recht jung.

So etwa knapp dreißig Jahre alt schätze ich mal. 1957 wurde die Bundeswehr gegründet. Jetzt haben wir 1961, seitdem sind 4 Jahre vergangen. Er muss einer der ersten gewesen sein der sich bei der Bundeswehr verpflichtet hatte.

Offizier konnte man nur werden, wenn man sein Abitur hatte, also war er so um die 25 Jahre alt beim Eintritt in die Bundeswehr.

Ich hatte das Gefühl, hier steht ein Mensch der weiß was er will. Nicht ein »Möchtegern oder Großkotz«, wie viele der sogenannten Ausbilder. Der Umgangston war menschlich. Vielleicht war er aber einfach nur **MENSCH**. Damit konnte ich leben. So würde ich meine zwölf Monate ableisten können.

Wenn ich an den Spieß denke der den Dienstgrad eines Hauptfeldwebels hat, und mehr als vierzig Jahre alt war, muss er noch aus der alten Wehrmacht stammen. 1945 war der zweite Weltkrieg beendet, vor nunmehr sechzehn Jahren. Vom Umgangston her und wie er sich aufspielte, kann das gar nicht anders sein.

Was mich immer wieder und wieder wunderte, wie ehemalige Wehrmachtsangehörige so schnell in der neuen Bundeswehr Fuß fassen konnten? Wahrscheinlich waren nicht genug Leute da die für den Neuaufbau der Bundeswehr zur Verfügung standen.

So musste man wohl oder übel auf alte Soldaten von damals zurückgreifen, um junge Soldaten auszubilden. Bestes Beispiel waren die in der Kleiderkammer. Die ich dort bisher gesehen habe, waren weit über vierzig, und hatten genauso eine große Schnauze wie der Spieß.

Der OVD riss mich aus meinen Gedanken und meinte: „Wir machen jetzt erst einmal einen Rundgang und eine Inspektion unserer Unterkunft. Nehmen sie sich eine Taschenlampe mit, es ist ja schon dunkel."

Wir begannen den Rundgang durch die Unterkunft, angefangen auf der unteren Etage. Alle Räume wurden inspiziert. So lernte ich die gesamte Unterkunft kennen.

Die Bezeichnungen der Räume waren mir unbekannt. Die Waffenkammer, ein Büro für den Rechnungsführer. Wenn nicht auf dem Türschild „Rechnungsführer" gestanden hätte, ich hätte nie geglaubt, dass es den bei der Bundeswehr gibt.

Einige Räume waren mit Utensilien vollgestopft, die scheinbar unsere Ausbilder benötigen. Andere wieder waren Unterkünfte, Waschräume, oder Toiletten für die Ausbilder, usw.

In der oberen Etage befanden sich unsere Stuben, und auch unsere Sanitär-Anlagen. Bei der heutigen Hetze wegen des Nachtmarsches sahen unsere Stuben aus wie ein Schlachtfeld. Der OVD meinte nur: „Da werden die morgen früh aber Spaß haben, wenn Stubeninspektion ist."

Es lagen aber auch wirklich auf allen Stuben die Klamotten kreuz und quer herum. Niemand hatte seinen Spind abgeschlossen, die Betten sahen aus wie Kraut und Rüben, als wäre eine Bombe eingeschlagen.

Ich nahm mir vor, meinen Stubenkameraden zu sagen, wenn sie zurück waren, dass morgen früh Stubeninspektion angesagt war. Ich wollte nicht, dass sie Schwierigkeiten bekamen.

In den Räumen der Ausbilder, im unteren Teil des Hauses, sah es nicht viel besser aus. Das beruhigte mich, doch ich glaubte nicht, dass dort eine Inspektion gemacht würde.

Nachdem der Rundgang beendet war, warteten wir in der Stube des OVD`s auf die Rückkehr der Truppe. Während der Wartezeit hat sich der OVD ganz nett mit mir unterhalten. Er fragte nach meinem Leben vor der Bundeswehr und welche Vorstellungen ich für die Zukunft habe.

Ich selbst konnte ihn auch nach seinem bisherigen Werdegang befragen. Das bewies mir, dass vor mir ein ganz »normaler« Mensch saß. Kein überdrehter »Pinsel«, denn er sah seinen Job in der Bundeswehr als richtigen Beruf an.

Hier wollte er Karriere machen und studieren. Dass es eine Bundeswehrhochschule gab auf der man studieren kann, ja sogar ein Medizinstudium absolviert werden konnte, war mir unbekannt.

Dafür mussten sich die Soldaten aber für zwölf Jahre verpflichten, und sie würden nach erfolgreichem Abschluss sogar ein Eingliederungsgeld vom Bund für den Einstieg ins Berufsleben bekommen. So gesehen war die Ausbildung bei der Bundeswehr gar nicht so übel. Für mich aber war das nichts, denn ich würde nie mit dem Drill und Gehorsam in der Truppe zurechtkommen.

Nach einer Weile kam die Truppe vom Nachtmarsch zurück, wurde ohne Aufsehen auf die Stuben entlassen.

Ich durfte meinen Dienst beim OVD beenden und war froh, endlich schlafen zu können. Das war nicht so einfach, denn meine Stubengenossen waren so aufgedreht, weil sie viel zu erzählen hatten. Bei der ganzen Quasselei erzählte ich von der Stubeninspektion am nächsten Morgen und dass sie ordentlich aufräumen sollten.

Das aber wollte heute Nacht keiner mehr von mir hören. Die Müdigkeit siegte, und so schliefen wir einer nach dem andern ein.

Um sechs Uhr in der Früh wurden wir vom Spieß geweckt. Das Licht ging an, und auf dem Flur hörten wir die Trillerpfeife und den Ruf: „Aufstehen

Soldaten, fertigmachen zur Inspektion! In einer Stunde Stubenkontrolle!"

So nach und nach wurden alle wach, krochen aus ihren Betten, dabei stöhnten sie entweder vor Schmerzen, oder weil sie noch müde waren. Die Nacht war kurz. Ich musste mir anhören, dass ich mich vor dem Marsch gedrückt hätte. Ich versuchte ihnen zu erklären warum, doch das akzeptierten sie nicht.

Mit Handtuch und Zahnbürste bewaffnet verließ ich den Raum und ging direkt ins gegenüberliegende Bad, um mich frischzumachen. Nach und nach trudelten die anderen ein, wahrscheinlich waren jetzt alle aus den Betten, denn in Windeseile hatten sich die Waschräume gefüllt. Das war schon ein komischer Haufen.

Für die gesamte Kompanie waren die Waschräume und Toiletten einfach zu klein. Ein heilloses Durcheinander und Gedränge. Wir mussten uns ganz schön beeilen, denn in einer Stunde sollte die Stubenkontrolle stattfinden. So gut es ging, verstauten wir unsere Uniformen im Spind, und machten uns dann an das Bettenmachen.

Jeder hatte so seine eigenen Vorstellungen wie das Bett aussehen sollte. Dabei hatten wir erst gestern gesehen wie die Betten zu bauen sind. Darüber groß nachzudenken hatten wir keine Zeit mehr, denn ein Pfiff auf dem Flur kündigte die Stuben-Inspektion an.

Kaum war der Pfiff ertönt, stand schon einer der Ausbilder in unserer Stubentür. „Guten Morgen, Soldaten, Meldung!", hörten wir ihn sagen.

Meldung? Wir schauten uns fragend an. Was meinte denn der mit Meldung? Vor uns stand unser Obergefreiter! Ausgerechnet unsere Stube hatte er sich vorgenommen.

War das Absicht oder Befehl? Ich hatte so meine Bedenken. „Wer ist der Stubenälteste?", wollte er wissen.

Darüber haben wir uns noch gar nicht unterhalten. Wir schauten uns an und gaben ohne nachzudenken, nacheinander unser Geburtsdatum bekannt. Dass dieser *»Oberdödel«* auch noch schlau war, und die Daten behalten konnte, wunderte uns.

Schon sprach er den Ältesten an und sagte zu ihm: „Soldat sie sind der Stubenälteste. Sie haben jedes Mal, wenn ein Vorgesetzter den Raum betritt, Meldung zu machen!

Und zwar folgendermaßen: „Achtung: Stube 32 mit acht Mann vollständig angetreten Herr Obergefreiter! Können sie sich das merken? Oder müssen wir das erst noch üben?"

Wir hörten nur noch: „Jawohl, Herr Obergefreiter."
„Was jawohl? Sollen wir das immer noch üben?
So dumm können sie doch nicht sein, oder?" Das
heißt: „Nein Herr Obergefreiter, ich kann mir das
wohl merken."

Dann sah er sich unsere Betten genau an. Seine
Betteninspektion war gründlich, sehr gründlich,
denn er riss alle acht, gerade erst gemachten Betten wieder auseinander. Nicht ein gemachtes Bett
gefiel ihm.

Dann erbarmte er sich, zeigte uns am Bett eines
Kameraden wie das Bett gemacht wird, und
meinte: „In zehn Minuten bin ich wieder hier, dann
will ich eine Erfolgsmeldung hören!" Drehte sich
um und verschwand.

In Windeseile machten wir daraufhin unsere Betten, diesmal in der Hoffnung, sie würden ihm gefallen. Pünktlich, nach genau zehn Minuten, stand
er wieder in der Stube, drehte den Kopf etwas zur
Seite und sagte: „Und?" Wir schauten uns verdutzt an und er meinte nochmals: "Und?"

Daraufhin machte unser Stubenältester seine
Meldung. Der *»Zweistreifenheini«* nickte nur und
meinte so ganz nebenbei: „Geht doch."

Dann sah er sich in aller Ruhe um, warf nur einen
flüchtigen Blick auf alle Betten.

In seinem Gesicht erkannte ich ein leichtes Schmunzeln und ich dachte schon, er hat es akzeptiert und es ist alles ok. Dachte ich aber auch nur.

Vor meinem Bett blieb er stehen, sah es sich genauer an, hob die Decke, und schon lag alles auf der Erde. Dabei schaute er mich an und meinte: „So, das Bett ist nicht in Ordnung, oder sind sie anderer Meinung?"

Innerlich kochte ich vor Wut, sagte aber nichts und ließ es ihn nicht merken, denn es hätte ja doch keinen Sinn gehabt. Ich habe mir schon gleich am ersten Tag vorgenommen, mich überhaupt nicht über solche Nickeligkeiten zu ärgern oder aufzuregen.

Trotzdem schwor ich mir in diesem Augenblick: „Dich »Knallsack«, werde ich schon noch klein kriegen. Du wirst dich noch wundern, glaub ja nicht du hättest mich im Sack!"

Ich musste also mein Bett noch einmal machen, während er den Befehl gab: „Männer, in fünf Minuten antreten zum Frühstücken!" Sollte das jeden Morgen so abgehen wie heute, und dann antreten zum Frühstücken?

Wie idiotisch ist das denn eigentlich? Kann man mit uns nicht in einem normalen Ton reden? Ist dieses Theater das Richtige, um uns Gehorsam beizubringen, wie ich es immer von allen Bekannten gehört habe? Nicht mit mir dachte ich, macht mal so weiter, ihr werdet schon sehen was ihr davon habt.

Heute war ich der Letzte der sich vor der Unterkunft einfand. Dann ging`s ab im Gleichschritt: links, rechts, links, rechts und eins, zwei, drei bis zur Kantine.

Von unserem Obergefreiten war in diesem Moment nichts mehr zu sehen. Als hätte er sich in Luft aufgelöst, auch in der Kantine war er nicht. Er beherrschte wohl den Ausspruch: „Tarnen, täuschen und verpissen!“ Die Truppe atmete auf.

Beim Frühstück brauchten wir ihn nun wirklich nicht. Wir ließen uns auch richtig Zeit, denn es tat gut, dass niemand hinter uns stand und uns Befehle erteilte.

Mittlerweile war es zehn Uhr geworden. Natürlich stand unser »Aufpasser« wie zufällig an der Tür, gab den Befehl: „Männer, um 12 Uhr versammeln wir uns im Lichthof zum militärischen Unterricht!“ Dann war er so schnell wie er auftauchte, auch wieder verschwunden.

Wir hatten reichlich Zeit für das Frühstück, der Unterricht begann erst um 12 Uhr. Also konnten wir dieses Mal ohne Eile zu unserer Unterkunft gehen, hatten sogar noch Zeit uns zu entspannen.

Einige räumten ihren Spind auf, umziehen brauchte sich niemand denn wir waren alle noch im Drillich. Pünktlich waren alle im Lichthof versammelt und setzten sich. Gespannt, was der »Schlaumeier« uns jetzt wohl auftischen wird.

Ein Gefreiter OA kam herein und gab ihm einen Stapel Papiere. Er machte nur eine Handbewegung, und der OA ging durch die Reihen und verteilte die Blätter.

Wir warfen einen Blick darauf und sahen die Liedtexte, die wir beim Appell bekommen sollten. Bis zum nächsten Tag sollten wir die Texte lernen damit wir, für den in Kürze anstehenden Marsch, gerüstet wären.

Weiter sagte er uns, dass heute um 15 Uhr wieder eine Inspektion angesetzt ist. Dieses Mal ging es um die Spinde.

Anschließend mussten wir wieder im Lichthof erscheinen zu einer Waffenkunde. Das war es dann auch mit dem „Militärischen Unterricht". Bis 15 Uhr hatten wir frei, dachten wir aber auch nur. Von anderen Soldaten der Kompanie erfuhren wir, wie wichtig es sei, den Spind bis zur Inspektion auf Vordermann zu bringen.

Einige erzählten, dass die Inspektion nicht von schlechten Eltern sei. Hannes und ich schauten uns an und gingen sofort ans Aufräumen. Einige auf unserer Stube taten das auch, aber nicht alle. Vielleicht war deren Spind in Ordnung, oder ihnen war es egal.

Ein Stubengenosse sah das mit besonders kritischem Blick. Er war in unseren Augen sowieso ein Sonderling. Zurückhaltend in seiner Art, etwas wesensfremd. Er kam uns schon sonderbar vor.

Darauf ansprechen wollten wir ihn nicht, vielleicht ist er schüchtern und hält sich nur etwas zurück. Das wird sich schon geben. Noch wussten wir nicht wie sehr wir uns irrten.

Heute wurde mir befohlen noch einmal in die Kleiderkammer zu kommen, um meine extra bestellten Schuhe abzuholen. Hannes gab ich Bescheid, würde man mich suchen sollte er nur sagen:

„Der hat den Befehl erhalten und ist zur Kleiderkammer, um die bestellten Schuhe abzuholen."

Wie die Ausbilder darauf reagierten, war mir total egal. Seit ich hier bin, laufe ich nur in meinen Schuhen herum. Das sah ich nicht ein und dachte mir: „Die Bundeswehr wollte mich haben, also hat sie dafür zu sorgen, dass ich sämtliche Sachen die ein Soldat benötigt, auch bekomme."

Schließlich muss ich immer in Uniform herumlaufen, und dazu passen ja meine Privatschuhe gar nicht. In der Kleiderkammer waren sie mal wieder erstaunt, dass ich immer noch nicht voll eingekleidet war.

Es waren wieder andere Soldaten da, die mir fremd waren und die ich noch gar nicht gesehen habe. „Irgendwo muss doch vermerkt sein, dass für mich extra Schuhe, Stiefel, Sportschuhe usw. bestellt wurden.", versuchte ich denen klarzumachen.

Wenn Menschen nicht nur blöd schauen können, sondern auch noch blöd sind, dann bekämen sie hier einen Preis dafür. So dämlich kann man doch nicht sein.

„Wer ist denn für die Bestellung zuständig?", habe ich sie gefragt. Mit großen Augen sahen sie mich an. „Kann ich euren Vorgesetzten sprechen?", fragte ich. Ohne mir zu antworten, verschwanden beide Soldaten im hinteren Raum. Jetzt wird´s lustig, dachte ich nur, mal abwarten was noch passiert.

Nach einer Weile kam ein Hauptfeldwebel nach vorne, schaute mich durchdringend an und meinte: „Ihre Schuhe sind bestellt, aber noch nicht eingetroffen. Wir können nichts dafür, es ist nicht unsere Schuld.

Die in der Hauptzentrale sind auch nicht immer die Schnellsten. Ich werde nachfragen, melden sie sich morgen wieder!" Was sollte ich machen? So zog ich unverrichteter Dinge ab. Das wird ja heiter werden, dachte ich. Als ich vor der Unterkunft ankam hörte ich im oberen Stockwerk laute Stimmen.

Oh Scheiße, dachte ich. Die Inspektion hat schon begonnen. Und dem Geschrei der Ausbilder nach wusste ich, dass die Klamotten im Spind wieder nicht richtig sortiert waren. Gibt's da etwa eine Spind-Vorschrift?

Richtig gedacht, als ich unsere Stube betrat, lagen die meisten Klamotten auf dem Boden, und *»Mister Oberdödel«* war in seinem Element.

Ich kann gar nicht wiederholen, mit welchen Schimpftiraden er uns alle belegte. Dass er dabei nicht platzte oder abhob, war alles. Als ich dann vor seinen Augen auftauchte verlor er fast die Fassung.

Er wurde knallrot, holte tief Luft, wollte gerade losbrüllen, da sagte ich nur: „Herr Obergefreiter, ich bin unschuldig. Ich kann leider nichts dafür, dass die in der Kleiderkammer geschlampt haben.

Meine Schuhe sind immer noch nicht da. Ich kann das auch nicht verstehen wie so etwas möglich ist.

Das ist doch keine Organisation. Da muss mal richtig aufgeräumt werden. Die meinen sonst, sie können machen was sie wollen, und das ist doch nicht in ihrem Sinne oder?"

Mit meiner langen Rede hatte ich ihn wohl total aus der Fassung gebracht. Er schnaubte vor sich hin und hatte anscheinend vergessen was er sagen wollte, schaute mich vorwurfsvoll an und gab Hannes mit der Hand einen Wink.

Dann drehte er sich um und verschwand. „Was war das denn?", fragte ich „hat der sich etwa vertan oder hat er mich vergessen?"

Hannes meinte: „Du hast ihm anscheinend den Wind aus den Segeln genommen und ihn bei seiner Ehre gepackt. Der weiß bei dir einfach nicht, wie er dich klein kriegen soll.

Er merkt mittlerweile, dass du ihm überlegen bist, und damit kommt er gar nicht klar. Der rennt jetzt vielleicht direkt in die Kleiderkammer und lässt dort Dampf ab.

Mit der Handbewegung meinte er wohl mich. Er hat jeden unserer Spinde überprüft, und bei jedem etwas zu meckern gehabt. Dir konnte er leider nichts sagen, du warst ja nicht da. Das sollte wohl bedeuten, dass ich dir sein Resultat mitteilen soll. Morgen ist die nächste Überprüfung."

Es war spät geworden, die »*Aufpasser*« waren verschwunden, und niemand hat der Kompanie einen Befehl gegeben. Wir gingen davon aus, den Rest des Tages frei zu haben.

Vier von uns machten sich auf den Weg zur Kantine. Jeden höheren Dienstgrad dem wir begegneten, mussten wir grüßen. Dabei bekamen wir am laufenden Band einen Anschiss.

Meistens hörten wir:
„Könnt ihr nicht grüßen?“

Oder aber auch:
„Habt ihr nicht richtig grüßen gelernt?“

Manchmal sogar: „Nehmt die Hand aus der Tasche!“

So erging es fast allen während der Grundausbildung. Einigen war das peinlich, andere störten sich nicht daran. Ich amüsierte mich.

Wir haben uns auch darüber unterhalten, was diese Grüßerei eines Vorgesetzten für einen Sinn hat. Ob im Kasernengelände oder außerhalb, ein »Guten Tag«, oder ein »Kopfnicken« reichte doch vollkommen. Wenn wir im Ernstfall erst jeden Vorgesetzten grüßen müssen, könnte man die Verteidigung des Landes vergessen. Was sollte der ganze Quatsch?

Von Soldaten einer anderen Kompanie wurden wir gewarnt, dass wegen „Nichtgrüßen" schon einige im Bau gelandet waren.

Wir hatten heute mal Zeit unser Abendessen in Ruhe zu genießen. Ohne *»Aufpasser«* war der Abend sehr viel entspannter. Man merkte es der gesamten Truppe an. Sie blödelten herum, tranken Bier und Wein. Ich blieb beim Fliegerbier, das war für mich erschwinglich.

Wir freuten uns schon auf das Wochenende, denn Samstag, ab 12 Uhr mittags, sollte die ganze Kompanie frei haben bis zum Dienstbeginn Montag früh. Einige wollten in die Stadt gehen, oder nach Hamburg fahren. Sogar nach Hause wollten einige.

Das konnte ich mir abschminken, denn eine Fahrt nach Hause, mit der Bundesbahn, kostete mich einen ganzen Monatssold. Und warum für einen Tag nach Hause fahren und viele Stunden in der Bahn verbringen? Nein, eine Heimfahrt kam für mich nicht in Frage.

Hannes hatte es da einfacher. Bis nach Flensburg war es ca. 1 Stunde mit dem Zug, doch auch er verzichtete. Wir hatten ja noch den Freitag und den Samstag vor der Brust. Aber heute Abend wollten wir nicht mehr darüber nachdenken, was alles morgen und übermorgen passiert.

Allzulange konnten wir nicht in der Kantine bleiben, um zehn Uhr ist Zapfenstreich, da wird das Licht in den Stuben ausgeschaltet.

Auf unserer Stube hatte dann jeder etwas anderes zu tun, die einen räumten den Spind auf, andere schrieben Briefe oder lasen ein Buch. Ich habe mich noch mit meinem Bettnachbarn unterhalten bis das Licht ausging.

Der heutige Tag fing genauso an, wie der gestrige. Trillerpfeife auf dem Gang, Befehl zum Aufstehen durch den Spieß. Anziehen und fertigmachen mit Toilettengang. Neu war Bettenmachen, und vor der Stube aufstellen, bis der Ausbilder kam, und der Stubenälteste Meldung machte.

Heute war ein anderer Ausbilder für die Stubenabnahme zuständig. Die Bettenabnahme klappte einwandfrei, wir konnten nach unten gehen und uns im Karree aufstellen für den Morgenappell.

Neu für uns heute Morgen: der Spieß kam mit einem Päckchen Briefe unter dem Arm, gab sie einem Helfer der mit der Verteilung der Post begann. Niemand hat wohl heute schon mit Post von daheim gerechnet, einen Brief, oder irgendein Zeichen von seinen Eltern zu erhalten.

Und doch sah ich, dass alle gespannt dem Aufruf des Gefreiten OA folgten und sich freuten, wenn sie aufgerufen wurden. Für mich war nichts dabei, das hätte mich auch gewundert.

Dann kam der Befehl: „Kompanie, stillgestanden! Rechts um, im Gleichschritt marsch, links, zwei, drei. Ein Lied!"

Wir waren von diesem Befehl überrascht, und niemand hat damit gerechnet, während des Marschierens ein Lied zu singen. „Wir singen jetzt das Lied – Oh, du schöner Westerwald!", ertönte die Stimme des Unteroffiziers, der die Truppe anführte.

Weiter sagte er: „Ich hoffe ihr habt den Liedtext auswendig gelernt, denn das war ja eure vordringliche Aufgabe." Dann begannen er und seine »Ein- und Zweistreifen-Soldaten« das Lied anzustimmen.

Ich traute meinen Ohren nicht, einige aus unserer Truppe sangen mit. Anscheinend kannten sie das Lied oder haben fleißig gelernt. Ich merkte, da sangen nur die Dienstgeilen und diejenigen, die sowieso immer die Ersten waren, weil sie sich davon etwas versprachen.

Der Rest der Truppe versuchte, so gut es ging, mitzusingen. Ein kläglicher Versuch. Die Soldaten, die uns entgegenkamen, schmunzelten über unseren erbärmlichen Gesang.

Nach diesem kurzen Versuch verstummten die »Ausbilder«. Wir hörten, dass sie sich darüber unterhielten, dass es so nicht geht, da muss noch weiter fleißig geübt werden.

Wir wussten nicht wo unser Marsch hingehen sollte. Dann sahen wir, es geht kreuz und quer über das Kasernengelände und endete an der Kantine. Hier wurden wir entlassen und konnten jetzt erst einmal frühstücken.

Wir hatten den Befehl bekommen uns nach dem Frühstück im Lichthof unseres Gebäudes einzufinden. Während des Frühstücks diskutierten wir ausgiebig über den verunglückten Gesang und konnten nicht verstehen, warum ausgerechnet beim Marschieren ein Lied gesungen werden soll.

Wir erfuhren, dass dieses Lied sogar schon in der alten Wehrmacht beim Marschieren gesungen wurde. Ich dachte, was für ein Blödsinn. Was soll das bringen? Dann auch noch ein Lied von früher das ja doch keiner kennt?

Wir hatten allerdings in unserer Kompanie so richtig schlaue Männer die uns zu erklären versuchten, warum allen das Marschieren leichter fällt, wenn dabei gesungen wird. Über den Versuch, uns das zu erklären, lachten die meisten nur. Dabei erfuhren wir, dass in unserer Kompanie nicht nur Wehrpflichtige, sondern auch Freiwillige sind.

Also Z-Soldaten, heißt Zeitsoldaten, Z-2 oder Z-4, Zeitsoldat auf 2 Jahre oder 4 Jahre. Viele konnten das nicht begreifen. Wie kann man sich nur bei so einem Verein für 2 Jahre oder für 4 Jahre freiwillig verpflichten? Was erwarten oder versprechen die sich denn davon?

Wir wurden eines Besseren belehrt. Erstens, als Z-2 bekommst du mehr Geld und als Z-4 kannst du anschließend studieren. Dann allerdings musst du dich auf 12 Jahre verpflichten. Kannst sogar Arzt werden oder Ingenieur und bekommst nach deiner Dienstzeit sogar eine Abfindung, mit der du dir dann im Privatleben eine Existenz aufbauen kannst.

Die wenigsten haben das verstanden. Jetzt wussten wir auch, warum diese Typen immer so dienstgeil waren. Sie wollten doch auch den kleinen Querbalken über dem Dienstgradzeichen, dann sind sie OA = Offiziersanwärter.

Ein OA wird in der Bundeswehr viel besser angesehen und behandelt als normale, popelige Soldaten, erklärten sie uns. Schon hatten sie bei den meisten der Truppe verschissen. Sollen sie doch machen was sie wollen, sie sollen uns nur damit in Ruhe lassen.

So nach und nach versammelten wir uns alle gegen 11 Uhr im Lichthof. Stühle für die Kompanie waren genügend vorhanden, so dass niemand stehen musste. Aus dem Flur hörten wir schon das Kommando: „Aaaachtung!" Sofort sprangen die Z-Soldaten als erste auf. Wir machten das ebenfalls, standen auf, aber nicht in dem Tempo.

Um die Ecke kam unser *»Zwei-Streifen-Gefreiter«*, sah uns an und sagte eindringlich: „Soldaten, die ersten Beschwerden über die Kompanie sind beim Spieß eingegangen. Unter euch soll es einige geben, die das Grüßen noch nicht beherrschen. Merkt euch eins, grundsätzlich muss jeder ranghöhere Soldat gegrüßt werden.

Das müssen wir also weiter üben. Sollten deswegen nochmals Beschwerden kommen, werden wir hart durchgreifen und euch mit Ausgehverbot strafen! Habt ihr mich verstanden?"

Ich schaute meinen Stubengenossen Hannes an, der mir zuflüsterte: „Wie doof ist denn der? Was bildet sich dieses Würstchen ein? Wir sind älter als er und der will uns etwas vormachen?"

Ich nickte und antwortete: „Genau, du hast ja so Recht!" Von vorne hörte ich nur: „Was war das? Wer hat Recht?"

Ich stand auf, schaute ihm direkt in die Augen, grinste ein wenig dabei und sagte mit fester Stimme: „Sie, Herr Obergefreiter OA, sie haben

Recht!", dann setzte ich mich wieder, schaute ihn aber weiter an und sah, wie es in seinem Gesicht zuckte.

Er blitzte mich böse an aber sagte nichts weiter. Dann versuchte er uns zu erklären, wie ein Soldatenleben aussieht. Welche Ehre es doch sei seinem Land zu dienen, und welches Ansehen ein Soldat in der Bevölkerung genießt.

Er kam auf die DDR zu sprechen, erzählte uns, wie wir uns den Bürgern der DDR gegenüber zu verhalten hätten würde es zu einer Begegnung kommen. Gleichzeitig sagte er uns, dass wir als Soldaten der Bundesrepublik gar keinen Kontakt zur DDR haben dürfen. Verrückte Welt!

Er sprach vom MAD, dem Militärischen Abwehrdienst, dass dieser jeglichen Versuch eines Kontakts mit der DDR unterbinden würde. Er drohte sogar Strafmaßnahmen an.

Dann entließ er uns mit den Worten: „Nach dem Mittagessen sehen wir uns hier wieder zur Waffenkunde." Drehte sich um und war weg. Ein Raunen ging durch die Truppe: Waffenkunde? Wir haben gar keine Waffen, was will er uns denn da erzählen?

Während des Mittagessens sprachen wir über die bevorstehende Waffenkunde und waren gespannt auf das, was sie uns im Lichthof beibringen wollten. Als dann endlich die gesamte Kompanie versammelt war, baute sich eine Reihe von Ausbildern vor uns auf.

Zwei Tische wurden hereingetragen, auf jedem lag ein Gewehr. Zum ersten Mal sahen wir jetzt eine Waffe mit der wir wohl später unser Land verteidigen sollten. Ich konnte mir ein Grinsen nicht verkneifen als ich mich in der Runde umsah.

Diese komischen, uralten Gewehre sollen als Verteidigung unseres Landes ausreichen? War das ein Witz? Wollten sie uns verarschen?

Bevor wir eingezogen wurden hatten wir so einiges über die Bundeswehr gehört und gelesen, doch dass wir mit einer uralten Knarre bewaffnet würden, konnten wir wirklich nicht glauben.

Ein Leutnant der Luftwaffe wurde uns vorgestellt, nahm eins der Gewehre in die Hand und erklärte uns voller Stolz was das für ein Gewehr ist. „Soldaten," sagte er laut, „das ist das Sturmgewehr der Bundeswehr, eine »Canadian-Rifle«. Ein halbautomatisches Gewehr, das alle Soldaten in der Grundausbildung bekommen."

Ein anderer Ausbilder nahm das andere Gewehr, übergab es dem erstbesten Soldaten in der vordersten Reihe, mit der Ansage es durchzureichen, damit jeder schon einmal ein Gefühl für die Waffe bekommt.

Im Soldatenjargon nennen wir es liebevoll „Kanacken-Elly", sagte der Leutnant extra laut damit das auch jeder, auch die in der hinteren Reihe verstehen konnten. Viele mussten einfach lachen über diesen Ausdruck. Kanacken-Elly war schon ein besonderer Name!

Außerdem erfuhren wir, dass es ein »Canadisches« Gewehr sei und in der Vergangenheit gut zu handhaben war. Ich hörte nur, wie einige sich darüber lustig machten: „Gibt es denn kein deutsches Gewehr? Wieso ausgerechnet ein Canadisches? Was sollen wir damit verteidigen? Oder wem das Fürchten beibringen?"

Von vorne kam: „Achtung! Ruhe! Was soll das Gequatsche? Ihr werdet dieses Gewehr noch lieben lernen!" Dann machte der Leutnant Anstalten das Gewehr auseinander zu nehmen. Anscheinend war das aber nicht so einfach, denn er stellte sich so dämlich dabei an, dass die meisten schon wieder lachen mussten.

Nach einigen Versuchen hat er es dann aber doch geschafft und vor ihm auf dem Tisch lagen die Einzelteile dieses so »berühmt-berüchtigten« Gewehrs. Seine eigenen »Ausbilder« schauten dabei zu, mussten sich das Lachen aber verkneifen.

Ich glaube, wenn er gesehen hätte wie sie sich darüber amüsierten, er hätte alle ohne Ausnahme degradiert.

Ich kann nur vermuten, dass er das Lachen seiner Männer nicht gesehen hat. Er war so mit den Einzelteilen des Gewehrs beschäftigt, diese in die richtige Reihenfolge zu legen, dass er dabei seine Umgebung völlig vergaß.

Danach versuchte er, uns die einzelnen Teile zu beschreiben und wie sie funktionieren. Dabei hatte er so seine Schwierigkeiten. In diesem Moment kam die große Stunde eines seiner Ausbilder, einem »Drei-Streifen-Gefreiten«.

Er nahm jedes einzelne Teil der Kanacken-Elly in die Hand, überlegte ziemlich lange, versuchte es zu beschreiben so gut er konnte, und ließ es anschließend auch durch die Reihen der Soldaten gehen.

Wir wussten zwar immer noch nicht wofür das gut war und was wir damit anfangen sollten, doch die »Ausbilder« waren erst einmal fertig. Wir merkten, dass sie sichtlich aufatmeten.

Von den dienstgeilen Soldaten, den späteren »OA´s«, hörten wir, dass der »Drei-Streifen-Gefreite« als »Mannschaftsgeneral« bezeichnet wird.

Von denen erfuhren wir folgendes: in der Bundeswehr sei es üblich, dass, wenn ein Soldat es einmal geschafft hatte drei Streifen zu bekommen, er
niemals Unteroffizier werden würde.

Für den Unteroffizier ist ein Hauptgefreiter einfach
wirklich zu dämlich. Deshalb wird er auch einfach
verschlissen und als *»Mannschaftsgeneral«* beti-
telt, allerdings nicht offiziell.

Nachdem wir uns die einzelnen Teile des Gewehrs genau angesehen haben und diese endlich
wieder vorne bei den »Ausbildern« ankamen,
setzten sie die Kanacken-Elly mit einigen Schwierigkeiten wieder zusammen. Sie packten alles
wieder ein und verschwanden. Nur unser
»Oberdödel« hielt uns noch eine Ansprache über
das *»berühmte Gewehr"*.

Morgen, also Samstag, sollten wir alle in den Ge-
nuss kommen endlich die *»so geliebte Braut«* des
Soldaten unser Eigentum zu nennen. Wir schauten uns entgeistert an. Was meinte er denn damit?
Braut des Soldaten. Wollen die uns verarschen?
Dann tuschelten einige, dass damit wohl das Gewehr gemeint ist.

Eine laute Stimme tönte: „Soldaten, morgen gehen wir in die Waffenkammer und holen die Gewehre ab." Drehte sich um und verließ den
Lichthof.

Kurz darauf ertönte ein schriller Pfiff, und der Spieß schrie in den Raum: „Alles raustreten zum Sport!"

Wir hatten uns noch nicht von der „lehrreichen" und wahnsinnig „intensiven" Waffenkunde erholt. So aufgedreht wie alle waren, wollten wir nicht einfach zum Sport antreten, dachten wir.

Aber das Kommando: „Alles raustreten zum Sport!" kam erneut.

Die ersten Superschlauen waren schon rausgelaufen und nahmen vor dem Eingang Aufstellung. Als wir uns auch auf den Weg machen wollten, gab es draußen schon wieder Geschrei. Die schnellen Superhelden kamen uns auf dem Gang wieder entgegen und schimpften:

„Solch ein Blödsinn, erst sollen wir antreten aber im Sportanzug. Beeilung, Beeilung. Die wissen nicht, was sie wollen." Alle anderen drehten daraufhin um, verschwanden in ihren Stuben, und wechselten vom Drillich in die Sportanzüge. Das dauerte natürlich.

Während unten schon geschrien wurde: „Beeilung, sollen wir euch erst noch Beine machen?", ließen Hannes und ich uns nicht aus der Ruhe bringen. So waren wir dann auch die Letzten, die sich unten aufstellten.

Dann wieder das übliche: „Abzählen!" Erst nachdem das beim zweiten Mal geklappt hat, schritt der Spieß seine Kompanie ab. Er war schon an mir vorbei, bekam dann aber anscheinend einen Lichtblick, zuckte zusammen und drehte sich zu mir um:

„Was soll das, Soldat?", fuhr er mich an und sein Blick ging auf meine Schuhe. „Wollen sie mich verarschen? Sind das etwa Turnschuhe? Für sie habe ich etwas ganz Besonderes. Am Wochenende sind sie zur Feuerwache eingeteilt. Heimaturlaub ist für sie gestrichen! Haben sie mich verstanden?"

„Jawohl, Herr Hauptfeldwebel, danke schön!", antwortete ich nur. Was ist denn die Feuerwache? Ich hatte keine Ahnung, darüber war bisher noch nie ein Wort gesprochen worden. Heimaturlaub interessierte mich gar nicht, dafür hatte ich einfach kein Geld.

Also was soll´s, habe ich eben Feuerwache. Dabei lächelte ich vor mich hin. Als er das sah, schrie er mich an: „Raustreten, ganze Kompanie abmarsch zum Sport!"

Ich machte einen Schritt nach vorne und die ganze Kompanie machte sich im Gleichschritt auf den Weg zum Sportplatz. Nun stand ich da, wie bestellt und nicht abgeholt.

Was soll ich jetzt machen, dachte ich, wusste es aber nicht. Die Kompanie weg, der Spieß im Gebäude verschwunden, ich mutterseelenallein auf weiter Flur. Nach einigen Minuten hat der Spieß aber doch gemerkt, dass er mich eben erst hat raustreten lassen, denn auf einmal stand er in der Tür, schnauzte mich an:

„Flieger, was machen sie da?" „Warten", war meine Antwort. „Das heißt: „Warten, Herr Hauptfeldwebel", bellte er mich an, und weiter „kommen sie sofort hier her!"

Ich ging langsam auf ihn zu, er ließ mich vorbei und bedeutete mir, ihm in die Wachstube zu folgen. Er zeigte auf einen Stuhl, fuhr mich an: „Setzen!" „ok.", sagte ich nur. Schon schnauzte er mich erneut an:

„Was soll das ok. bedeuten? Bei mir gibt es kein ok. Das heißt immer, jawohl Herr Hauptfeldwebel! Merken sie sich das endlich. Sie sind hier in der Grundausbildung bei der Bundeswehr, und nicht bei den Amis!"

Wir waren nicht allein in der Wachstube. Es saßen noch ein Obergefreiter und ein Unteroffizier im Raum. Die hatten wohl mit dem Ton, den der Spieß an den Tag legte keine Probleme und kannten das zur Genüge. Mich dagegen beachteten sie erst gar nicht.

Während ich vor mich hindöste und darüber nach-
dachte, in welch idiotischem Haufen ich hier gelandet war, machten meine Kameraden gerade
auf dem Sportplatz Gymnastik oder was auch immer.

Was soll ich eigentlich hier, dachte ich? Das soll
die Grundausbildung sein? Was kommt denn
nach der Grundausbildung auf mich zu? Für so einen Schwachsinn wird man aus seinem Berufsleben gerissen? Wie bescheuert ist das denn? Wer
hat sich diese Scheiße denn einfallen lassen? Ach
ja, unser Bundeskanzler Konrad Adenauer, der
keine Ahnung von einer Bundeswehr hatte.

Von mir nahm niemand im Raum Notiz. Anscheinend existierte ich nicht. Dann kam der Spieß zu
mir und sagte: „Flieger, sie gehen sofort in die
Kleiderkammer, ihre Schuhe sind da. Ich habe
nachgefragt. Kommen sie mir nicht wieder mit der
Ausrede, ihre Schuhe sind immer noch nicht da.
Abmarsch!"

„Jawohl, Herr Spieß!", antwortete ich ganz höflich.
Das war schon wieder zu viel. „Ich bin zwar der
Spieß, merken sie sich das. Aber für sie heißt das
immer, Herr Hauptfeldwebel! Geht das in ihr Spat-
zengehirn?", bellte er mich wieder an.

Ich nickte nur. Er sah das, hatte in diesem Augenblick wohl die Schnauze voll von mir und ließ mich

ohne Kommentar gehen. Ich machte mich ohne zu zögern auf den Weg zur Kleiderkammer.

Auf dem Weg dorthin machte ich mir Gedanken, was ich denn sagen würde, wenn meine Schuhe auch heute noch nicht angekommen sind.

In der Kleiderkammer schauten die gleichen Soldaten mich mit großen Augen an und fragten mich: „Was wollen sie denn schon wieder hier? Es ist gleich Wochenende, es gibt heute keine Kleiderausgabe mehr!"

„Das können sie vergessen," antwortete ich ihnen, „was meinen sie wohl, was mir unser Spieß für Beine macht, wenn ich ohne Schuhe zurückkomme? Er hat doch eben erst angerufen und mir gesagt, dass meine Schuhe da sind, oder stimmt das nicht?"

„Name?", hörte ich nur. „Hellweg!", war meine Antwort.

„Da wollen wir doch mal sehen, was wir für dich machen können," bekam ich zu hören. „Dauert aber."

„Ich habe Zeit," sagte ich und wartete, bis die Herren nach gut einer Viertelstunde mit einigen Schuhkartons zurückkamen, und diese auf die Theke warfen.

„Alle in Größe 47", war deren Antwort. „Wollen sie die Schuhe hier anprobieren?", meinten sie.

„Aber klar, wie soll ich denn sonst wissen, ob die mir passen," gab ich ihnen zu verstehen. Dann setzte ich mich in einen der Sessel, und probierte alle Schuhe der Reihe nach an. Erst die Ausgehschuhe, dann die Arbeitsschuhe für den Drillich, die Kampfstiefel für den Kampfanzug, und zum Schluss die Turnschuhe.

Die 47er Schuhgröße war richtig, aber an meiner Mimik sahen sie, dass die Schuhe nicht so passten wie gedacht und an vielen Stellen drückten. „Das wird sich schon noch geben," meinten die Soldaten, „das ist oft so, wenn neue Schuhe ausgegeben werden. Sie müssen eben eingelaufen werden.

Können wir ihnen einen guten Rat geben?" Erstaunt schaute ich sie an. „Ja, wollen sie den Rat," meinten sie, „oder nicht?" Ich nickte nur. „Pinkeln sie einfach in die Schuhe, und lassen sie dann über Nacht stehen.", sagten sie, „beim nächsten Laufen werden sie keine Blasen bekommen."

Sie schauten mich groß an, ich aber wusste nicht, ob ich ihnen glauben konnte, oder ob sie mich verarschten. Lange genug habe ich auf die Schuhe gewartet, deshalb nahm ich sie einfach mit, es wird schon schiefgehen.

Mit den 4-Paar Schuhen meldete ich mich zurück in der Wachstube. Der Spieß schaute mich nur mitleidig an, meinte dann: „So, hat ja endlich geklappt. Kommen sie mir nie wieder mit ihren eigenen Schuhen unter die Augen. Sofort auf die Stube und in 5 Minuten stehen sie hier wieder vorschriftsmäßig im Drillich. Abmarsch!"

Ich drehte mich um, wollte gerade verschwinden, da bellte er mich schon wieder an: „Flieger, wie heißt das?" „Jawohl, Herr Hauptfeldwebel!", antwortete ich nur und ging auf meine Stube.

Durch meine Abwesenheit hatte ich nicht mitgekriegt, dass die gesamte Kompanie vom Sportunterricht schon wieder zurück war.

Als ich auf der Stube ankam, saßen und lagen meine Kameraden schon abgehetzt auf den Betten, oder hingen kraftlos auf den Stühlen.

„Sei froh, dass du nicht dabei warst, die spinnen ja alle. Die »Idioten« wollen uns fertigmachen. Du glaubst nicht, was die für bescheuerte Disziplinen haben. Hast du schon mal was von einem Keulenweitwurf gehört?", fragten sie mich, „oder Weitsprung aus dem Stand?"

Nein, hatte ich nicht, aber was sollte ich darauf antworten? Ich kam aber gar nicht dazu, etwas zu sagen, sie berichteten weiter: „Stell dir vor, die

»*Spinner*« lassen uns mit einer Handgranate, die wie eine Keule aussieht, Weitwurf machen, ist das nicht der totale Wahnsinn?, und dann noch 1000 Meter laufen.

Die haben doch nicht alle Tassen im Schrank. Wir sind für heute fix und fertig. Gott sei Dank, brauchen wir heute nicht mehr raus. Wir haben Feierabend haben sie gesagt. Morgen, Samstag, geht's weiter."

Meine Kameraden waren wirklich richtig geschafft, das sah ich ihnen an. Aber in die Kantine wollten sie auf jeden Fall noch. Ich dagegen musste mich umgehend in der Wachstube melden.

Im Drillich kam ich dort an, wurde direkt wieder rausgeworfen mit den Worten: „Zur Feuerwache gehört auch der Stahlhelm!" Schon war ich wieder auf dem Weg nach oben auf die Stube, holte meinen Stahlhelm aus dem Spind und wollte gerade gehen.

Da sprach Hannes mich an: „Was soll das denn, du mit Stahlhelm?" „Ja, hast du das denn nicht mitgekriegt, ich habe dieses Wochenende Feuerwache.", sagte ich ihm.

Sieben Männer schauten mich in diesem Augenblick ungläubig an. Wie aus einem Mund kam die

Frage: „Feuerwache, was ist das denn?" Davon hatte auf unserer Stube noch niemand gehört.

Das weiß ich auch noch nicht, aber der Spieß hat mir die Feuerwache aufgebrummt, weil ich immer noch meine Privatschuhe trug und die Bundeswehr-Schuhe noch nicht eingetroffen waren. Das ist aber Schnee von gestern. Endlich habe ich all meine Schuhe.

Als ich dann die Wache betrat traute ich meinen Augen nicht. Da saßen noch zwei Soldaten aus unserer Kompanie, ebenfalls mit Stahlhelmen. Von denen erfuhr ich dann, dass sie sich beim Sport so dämlich angestellt hatten, und einer der »Ausbilder« sie daraufhin spontan auch zur Feuerwache verdonnert hatte.

Der OVD ließ uns jedoch in der Wache nicht dumm herumsitzen und erklärte uns, dass es in allen Kasernen Vorschrift ist, für die Feuerwache müssen mindestens drei Soldaten eingeteilt werden.

Wir brauchen auch nicht das gesamte Wochenende hier in der Wachstube sitzen, und auf einen Alarm warten. Nein, wir können uns in der gesamten Unterkunft frei bewegen. Wir können auch auf unsere Stuben gehen, müssen allerdings zu jeder Zeit bereit sein sofort einzugreifen, wenn ein Alarm ertönt.

Dazu brauchen wir einen vollen Wassereimer, den wir für Löschzwecke bereithalten sollten. Das hörte sich ja nicht so schlecht an. Demnach mussten wir immer parat stehen, durften aber die Kaserne nicht verlassen.

Auch in der Wache mussten wir uns nicht permanent aufhalten. Wir drei unterhielten uns darüber was wir machen wollten, und kamen zu dem Entschluss: „In der nächsten Stunde wird es schon keinen Alarm geben. Wir gehen jetzt erst einmal in die Kantine zum Abendessen."

So wie wir waren machten wir uns auf den Weg zur Kantine, in Drillich und Stahlhelm. Dabei begegneten uns einige Soldaten die wir grüßen mussten, haben allerdings auch den einen und den anderen übersehen, weil wir uns angeregt unterhielten.

Schon bekamen wir den ersten Anschiss, dachten weiter nicht darüber nach. Zur Kantine schafften wir es, konnten uns sogar unser Abendessen bestellen und mitnehmen. Die Kameraden hinter der Essensausgabe gaben uns den Hinweis, so schnell wie möglich wieder in unserer Unterkunft zu erscheinen, ansonsten könne das sehr böse Folgen haben.

Der Hinweis war gut, kaum waren wir wieder in der Unterkunft, hörten wir schon:

„Alarm, Feuerwache raustreten!" Wir hatten Glück, unsere Eimer waren schon mit Wasser gefüllt, so hatte der OVD nichts zu meckern. Er überprüfte uns nur, hatte aber nichts zu bemängeln, und schickte uns sofort wieder zurück, mit der Begründung: „Fehlalarm!"

Diesen Abend rief er uns noch mehrere Male raus, aber immer war es ein Fehlalarm. Sogar in der Nacht mussten wir zwei Mal antreten, beide Male war aber auch nichts. Es ist schon ein komisches Gefühl, in voller Montur und auch noch mit Stahlhelm zu schlafen, den Wassereimer neben dem Bett zu haben, und zu glauben, ist es jetzt ernst, oder Schikane?

Diese Nacht werde ich so schnell nicht vergessen, denn so eine verdammte Scheiße hatte ich nicht verdient. Was habe ich falsch gemacht? Gehört das zur Grundausbildung eines Soldaten? Wem soll ich das erzählen? Das glaubt mir doch eh kein Mensch, so einen Schwachsinn. Mit Gehorsam hat das beileibe nichts zu tun.

Die Trillerpfeife riss mich um sechs Uhr aus meinen Träumen. Ausnahmsweise war ich der Erste, der aufstand und natürlich schon angezogen war. Das übliche Prozedere morgens lief ab, Betten machen, Waschen, Toilette, Aufräumen. Wieso sollte ausgerechnet heute am Samstag, ein besonderer Tag sein?

Nach dem Frühstück sollten wir uns im Lichthof treffen, um gemeinsam zur Waffenkammer zu gehen und unser Gewehr in Empfang nehmen. Allerdings wurden wir im Lichthof vom Spieß erwartet.

Wir wurden einzeln aufgerufen und bekamen unsere Erkennungsmarken. Eine blecherne, ovale Plakette mit Kette, in die unsere Daten eingestanzt waren. Uns wurde nahegelegt, diese Erkennungsmarke niemals abzulegen und schon gar nicht zu verlieren.

Also legten wir uns dieses Blechstück um den Hals und mussten uns wieder unten im Karree aufstellen.

Das übliche Theater, und weiter ging`s zur Waffenkammer. Diese befand sich in einem anderen Gebäude, direkt neben der Kantine. Auch hier mussten wir uns wie vor unserer Unterkunft aufstellen, jedoch mit einer kleinen Änderung. Vor der Waffenkammer in einer Reihe, wie beim Marschieren, der Längste vorne weg.

Jetzt wurden wir vom Spieß aufgerufen. Und jetzt kommt der Witz, in alphabetischer Reihenfolge. Das soll nun einer verstehen. Überall stellen wir uns der Größe nach auf wie die Orgelpfeifen. In welchen Statuten der Bundeswehr steht das geschrieben?

Ein plausibler Grund für diesen Schwachsinn wäre: „Damit der Feind, wenn er uns angreift, es nicht so schwer hat mit dem Zielen. Die Längsten kann er leichter treffen. Dann hat er so viel Routine, wenn er die Längsten aus dem Weg geräumt hat, auch die Kleinsten zu treffen."

Bei der Übergabe unserer doch so *»geliebten Braut«* ging es in alphabetischer Reihenfolge weiter. Muss sicher ein Fehler im System sein, denn dadurch war die schöne Orgelpfeifenordnung dahin. Alles lief durcheinander.

Vielleicht hatte es aber doch einen Sinn. Möglich wäre ja auch, dass der Spieß es dann leichter hat, seine Soldaten in seinem Formular zu finden, wenn er außer Schreien, Schimpfen, Befehlen auch das Alphabet beherrscht.

Mein Stubenkamerad Hannes, der vor mir dran war, meinte so nebenbei: „Wir liegen ja vom Alphabet her so in etwa in der Mitte. Die Ersten bekommen die neuesten Gewehre, und je weiter es dem Ende zugeht, wie bei „S", schon gebraucht, oder wie bei „Z", zielt nicht mehr so genau," den kläglichen Rest.

Ich hatte das schon richtig verstanden, doch unser *»Herr Hauptfeldwebel«* hatte heute Mäuseohren, und fasste das als Beleidigung auf. Wie aus der Pistole geschossen kamen seine Worte:

„Soldat Hansen, sie sind der nächste, der sich in die Reihe der Feuerwache einreihen kann! Damit haben wir schon vier!"

Das Gewehr in Empfang zu nehmen dauerte länger als gedacht. Es waren ca. zwei Stunden vergangen und wir waren noch immer nicht an der Reihe. Dafür standen wir uns aber die Beine in den Bauch.

Als Hannes an der Reihe war, und nachher mit Gewehr wieder herauskam, wollte ich wissen, wie er sich denn nun fühle mit solch einem *»Ding«* unter dem Arm.

„Ich habe *»ja«* gesagt zu meiner *»neuen Braut«* und „auf immer und ewig! Sehe ich glücklich aus?"

Die herumstehenden Soldaten schmunzelten in sich hinein, als sie aber die vor Wut blitzenden und wütenden Augen des Hauptfeldwebels sahen, veränderten sich ihre Minen und sie sahen woanders hin. Als dann endlich auch der letzte der Kompanie sein Gewehr hatte, marschierten wir wie immer, zurück zur Unterkunft.

Im Lichthof versammelt, sollten wir letzte Instruktionen für heute erhalten. Bis alle saßen, dauerte es so einige Zeit. Als letzter kam Hannes herein, mit Stahlhelm und gefülltem Wassereimer. Alle lachten, nur unser *»Verehrter Spieß«* nicht.

„Da ist ja auch die vierte Feuerwache", sagte er todernst. Dann hielt er uns einen Vortrag über unser Gewehr. „Männer, euer Gewehr habt ihr von nun an immer mit euch zu tragen, wenn ihr im Drillich oder Kampfanzug unterwegs seid. Da gibt es keine Ausnahme.

Beim Exerzieren, beim Marsch, insbesondere bei der Wache. Nicht in der Kantine, nicht bei der Ausgehuniform oder beim Sport. Denkt daran, das ist »eure Braut«, wenn ihr wollt, könnt ihr auch damit schlafen, hahaha!"

Nach einer kleinen Pause weiter: „Für heute genug! Bis 12 Uhr ist die gesamte Unterkunft piccobello sauber. Alle Soldaten, ran an die Arbeit. Punkt 1 Uhr ist Stubenabnahme. Und nur, wenn wir zufrieden sind gibt's Wochenendurlaub bis Sonntag 22 Uhr. Wegtreten!"

Er drehte sich um und war verschwunden. Wir unterhielten uns noch einige Minuten über die Geschehnisse dieses Morgens, da schrie uns schon wieder unser »Oberdödel« an: „Die ersten 10 Soldaten reinigen die obere Etage, die nächsten 10 sind für die untere Etage zuständig, und die nächsten 10 Stuben für die Toiletten- und Waschräume.

Die restlichen 10 Stuben bringen den gesamten Außenbereich auf Vordermann. Wegtreten!"

Damit hatte niemand gerechnet. Es waren noch einige Ausbilder gekommen, gaben uns Instruktionen, wo und was wir genau putzen sollten, und gaben uns zu verstehen, dass sie uns im Blick haben werden.

Wier vier von der Feuerwache mussten uns ebenfalls an der Arbeit beteiligen. Ich hatte die Schnauze gestrichen voll, und wollte mich einfach nicht daran beteiligen, da ausgerechnet unsere Stube für die Waschräume und Toiletten zuständig war.

Bei der Vorstellung, ich sollte die Pissoirs schrubben, wurde mir schon schlecht. Das sagte ich auch Hannes. Daraufhin beschlossen wir uns daraus zu halten, denn diese Arbeit war nichts für uns. Bei den vielen Soldaten und dem Durcheinander fiel es gar nicht auf, dass wir beide immer unterwegs waren.

Nicht zusammen, aber doch mal in der ersten Etage, mal in den Waschräumen und immer wieder draußen. Wenn wir zufällig einem *»Ausbilder«* begegneten, grüßten wir und gingen unseres Weges. Wurden wir gefragt, was wir machten, oder zu welcher Gruppe wir gehörten, gaben wir an:

„Der OVD hat uns gerade dorthin geschickt, (wir gaben dabei ein weit entferntes Ziel an) das hat Vorrang und ist sehr eilig."

Da wir ständig auf Achse waren, konnten wir damit alle »*Ausbilder*« täuschen und brachten so unsere Zeit um. Punkt 12 Uhr wurde abgepfiffen. Wir waren pünktlich zur Stelle. Alle Arbeiten beendeten wir, und trafen uns vor unseren Stuben zur Abnahme.

Nachdem die »*Ausbilder*« alle Räume und den Außenbereich inspiziert hatten, wurden wir ins Wochenende entlassen. Alle hatten es jetzt eilig auf die Stube zu kommen und sich umzuziehen.

Fast 90% entledigten sich der Uniform und schlüpften in ihre eigenen Klamotten. So schnell wie möglich, wollte jeder das Kasernengelände verlassen.

Diejenigen, die in der Nähe wohnten, beeilten sich einen Bus zu bekommen, andere liefen zum Bahnhof in Pinneberg. Wiederum andere hatten vor nach Hamburg auf die Reeperbahn zu fahren. In der näheren Umgebung der Kaserne war unserer Ansicht nach sowieso nichts los.

Andere legten sich auf`s Bett, sie wollten ausgeruht am Abend in eine Disco gehen.

Sie erzählten uns, dass dort am Wochenende immer die Hölle los sei. Es gäbe dort einen Überschuss an Frauen. Hannes und ich konnten uns das schon gut vorstellen, denn wenn die neuen

Wehrpflichtigen nach einer anstrengenden Woche losgelassen werden, geht in der Disco die Post ab. Allerdings ist die Disco nur bis 24 Uhr geöffnet, mit Rücksicht auf die Bevölkerung. Um 24 Uhr mussten alle Wehrpflichtigen wieder in der Kaserne sein.

Wer später versuchte, in seine Unterkunft zu gelangen, und noch keinen Streifen auf dem Ärmel hat, müsste neben dem Wachhäuschen zur Ausnüchterung bis zum Morgen einsitzen. Davor hatten die meisten aber Angst. Es gäbe sogar ein Disziplinarverfahren. Das Ansehen der Bundeswehr darf keinen Schaden nehmen.

Wir vier von der Feuerwache brauchten uns über unsere Freizeit keine Gedanken machen, wir durften den Kasernenbereich nicht verlassen. Jeden Augenblick mussten wir damit rechnen, zu einer Übung gerufen zu werden.

Hannes wollte eigentlich diesen Abend auch nach Hamburg, er hatte in Altona eine Verwandte die er besuchen wollte. Doch seine Äußerungen beim Gewehrempfang hatten ihm einen Strich durch seine Rechnung gemacht.

Aber ganz so tragisch war es nicht für ihn. Das erste Wochenende verbrachten wir also ohne Aufregung und Stress. Zweimal brauchten wir auch nur raus, weil Feueralarm war. Wir hatten uns viel zu erzählen, hörten Radio oder lasen. Einen Fernseher hatten wir nicht.

Hannes erzählte mir so einiges von seiner Umgebung, Schleswig-Holstein. Er wohnte in Flensburg, der so ziemlich nördlichsten Stadt Deutschlands. Verwandte besuchte er oft in Apenrade, Dänemark, ganz in der Nähe der Flensburger Bucht.

Er versprach, mir das alles einmal zu zeigen. Für mich war es natürlich Neuland. So hoch im Norden war ich noch nie. Ich war zwar schon oft an der Nordsee, aber immer nur in Holland und auf der holländischen Insel Ameland.

Ich erzählte ihm, dass ich im Schwimmverein bin, an Wettkämpfen teilgenommen habe und zur Zeit eigentlich lieber Wasserball spiele. Die Zeit hier sei nicht gerade gut für mich, denn Schwimmen und Wasserball fehlten mir doch sehr.

Über den Sinn als Soldat bei der Bundeswehr sprachen wir und stellten fest, dass die Bundeswehr für uns nicht das Richtige ist. Wir sind beide hier fehl am Platz und beschlossen, uns nicht von diesen *»Möchtegernen«* unterkriegen zu lassen, komme was da wolle. So kriegten wir dieses Wochenende ganz gut über die Runden und waren gespannt, was sie mit uns in der nächsten Woche anstellen würden.

Wie jeden Tag begann auch der heutige Morgen um 6 Uhr mit der Trillerpfeife, wecken usw. Bevor wir uns überhaupt auf unsere eigentlichen Aufgaben, wie Bettenmachen, Anziehen, usw. konzentrieren konnten, hörten wir auf dem Flur Lärm.

Kein normaler Lärm, nein, Gepolter und Geschrei. Dann kam der Befehl: „Stube 32, raustreten, sammeln im Waschraum!"

Was das sollte, wusste von uns niemand. Nachdem wir die Stubentür öffneten, sahen wir einige Sanitäter, die von unserer Stube bis zum gegenüberliegenden Waschraum Spalier standen, durch das wir mussten. Eine andere Möglichkeit hatten wir nicht. Automatisch gingen wir in den Waschraum.

Dann kam der Befehl: „Ausziehen, freimachen! Macht nicht so blöde Gesichter. Das habt ihr euren Kameraden zu verdanken, die gestern in Hamburg auf der »Großen Freiheit« waren".

Wir wussten immer noch nicht, was diese Ansage bedeutet. So unglaublich es war, jeder bekam von den Sanis eine Spritze. Erst, nachdem wir drei Mal nachfragten wurde uns erklärt, dass es eine Spritze gegen Tripper sei.

Das haute uns total um. Was hatten wir mit einem Tripper zu tun?

Als die gesamte Mannschaft geimpft war, wurden wir informiert. Die Möglichkeit sich mit einem Tripper anzustecken war zu der Zeit auf der Reeperbahn sehr groß, deshalb die Spritze nur zur Vorsorge. Weil dem OVD zu Ohren gekommen war, dass einige Soldaten am Wochenende auf der Reeperbahn, und auf der »Großen Freiheit« waren, ist die Impfung nur eine Vorsichtsmaßnahme und Pflicht, damit nicht die ganze Kompanie sich ansteckt.

Insgesamt wurden 24 Soldaten mit Spritzen versehen. Als die ganze Aufregung vorbei war, konnten wir unsere morgendlichen Arbeiten verrichten. Anschließend trafen wir uns in der Kantine zum Frühstück und konnten diese Aktion einfach nicht begreifen.

»Tripper und Reeperbahn« war Thema für den ganzen Tag. Auch für die Soldaten der weiteren Kompanien. Von denen, die ihre Grundausbildung beendet hatten, hörten wir, dass es ihnen auch so ergangen war. Die meisten kommen nach der Grundausbildung in andere Kasernen, einige blieben vor Ort.

Es wurde geflüstert, dass man uns jeden Morgen Hängolin in den Kaffee mischen würde. Keiner wusste, was Hängolin war, und warum es in den Kaffee kam. Irgendein Soldat wusste dann, dass bei der großen Anzahl von Soldaten die meisten morgens doch Kaffee trinken würden, und damit keiner mit seiner Sexualität Schwierigkeiten hat, eben Hängolin.

Ich habe noch nie in meinem Leben gerne Kaffee getrunken, doch von da an überhaupt nicht mehr. Es gab deswegen viele Beschwerden beim Spieß, doch der wusste angeblich nichts davon.

Bestätigt wurde es aber auch nicht. Auf die Frage, woher sie das denn wüssten, bekamen wir nur zu hören, unter den Rekruten seien einige gewesen, deren Väter Ärzte sind, und das bestätigt hätten.

Mehr war nicht zu erfahren. Ich habe mich mit meinem Kumpel Hannes darüber unterhalten, der mir bestätigte, er habe bisher nichts gemerkt. Das Thema Hängolin, und Reeperbahn sollten wir so schnell nicht vergessen.

Nachdem wir wieder in der Kaserne waren, machten wir als erstes sofort Ordnung in unserer Stube, denn kurz darauf war Stubenabnahme. Gott sei Dank war meine Feuerwache gestern Abend beendet, so dass ich wieder normal an allem teilnehmen konnte. Die Stubenabnahme war heute normal, unser *»Zwei-Streifen-Gefreiter«* war nicht da „und hatte uns im Stich gelassen".

Um 10 Uhr mussten wir zum politischen Unterricht wieder im Lichthof erscheinen.

Da die Ostzone, sprich DDR, erst vor kurzem, ge-
neu gesagt am 13. August dieses Jahres eine
Grenz-Mauer quer durch Deutschland gebaut hat,
war der Mauerbau, und wie wir uns in der Öffentlichkeit verhalten sollen, Hauptthema an diesem
Morgen.

Zwei hochrangige Offiziere und ihr »Gefolge« unterrichteten uns über die weiteren Geschehnisse
zwischen der BRD und DDR. Darüber gab es ge-
teilte Meinungen.

Samstag hatten wir erst unser Gewehr bekommen, allerdings keine Munition dazu, wussten
noch gar nicht, wie »unsere Braut« richtig funktionierte, heute aber sollten wir uns darauf einstellen,
unsere Bundesrepublik gegen die DDR zu verteidigen.

Zumindest versuchten sie uns das zu vermitteln.
Ich glaube, nur die »OA`s« und unsere »dienstgei-
len Flieger« verstanden deren Logik.

Für den morgigen Tag, 10 Uhr, wurde eine Waffenkunde mit Munition angekündigt. Toll, sagten
einige, dann können wir ja übermorgen mit der
Verteidigung beginnen. Ein Raunen ging durch
die Truppe, die Vorgesetzten verzogen ihre Gesichter und setzten auf Grund dieser Äußerungen,
direkt einen Marsch für morgen an. Und zwar direkt nach der Waffenkunde.

Der ganze Spuk heute dauerte ca. 2 Stunden. Kurz vor dem Mittagessen wurden wir entlassen, und sollten uns um 13 Uhr unten treffen zum Sport. Das übliche Antreten im Karree, und ab im Marschtempo zum nahegelegenen Sportplatz.

Sportplatz konnte man dieses Gelände nicht gerade nennen, es war eine Kampfbahn mit roter Asche. In der Mitte der Rasen, allerdings keine Tore, wie auf einem Fußballplatz. Eine Weitsprunganlage, so das Übliche, wie bei »Jugend trainiert für Olympia«.

Wie es sich gehört, hatten wirklich alle ihre Bundeswehrsportsachen an, ich sogar endlich meine passenden Bundeswehr-Turnschuhe. Die gesamte Kompanie wurde in einzelne Gruppen aufgeteilt, und die ersten sollten fünf Runden um den Platz laufen.

Andere hatten sich an der Weitsprunganlage aufgestellt, die nächsten am Hochsprung und wieder andere beim Keulenweitwurf, sprich Handgranatenweitwurf. Unsere Gruppe sollte Weitsprung aus dem Stand machen. Ich sah mir die ganze Sache an, schüttelte so für mich den Kopf, denn das hatte ich in meinen jungen Jahren noch bei keinem Sportfest gesehen. Während der Schulzeit mussten wir am Schulsport teilnehmen, Laufen, Weit- und Hochsprung, aber nie Weitsprung aus dem Stand.

Während meine Kameraden fleißig sprangen, versuchte ich zu verstehen, was das mit der Grundausbildung und der Verteidigung des Vaterlandes zu tun hat.

Natürlich sprang ich auch, war sogar derjenige, der am weitesten sprang. Das war für mich nichts Besonderes, denn als aktiver Schwimmer und Wasserballer war ich immer im Training.

Weitsprung aus dem Stand war nichts anderes, als vom Startblock zu springen, und 100 m Brust, Kraul oder Delphin zu schwimmen. Beim Keulenweitwurf hatte ich auch keine Probleme. Ich stellte mir vor, von der Mitte eines Wasserballfeldes direkt auf das Tor zu werfen. Dazu brauchte ich allerdings mehr Kraft, als so eine „Scheiß" Keule zu werfen.

Auch der Hochsprung gelang mir einigermaßen. Als unsere Gruppe zum Schluss auch noch die fünf Runden um das Feld laufen sollte, hatte ich einfach keine Lust mehr. Eine Runde lief ich mit, dann stolperte ich über meine eigenen Füße, und lag der Länge nach auf der Nase.

Dabei gab ich vor, mich am linken Knöchel verletzt zu haben, es sollte aber nur so aussehen, weil ich nicht mehr weiterlaufen wollte. Für mich war damit diese Sportübung beendet. Total überrascht waren wir am Ende alle, denn die *»Ausbilder«* hatten alle Ergebnisse fein säuberlich notiert und sogar eine Punktetabelle aufgestellt.

Trotz meines Problems beim Laufen, hatte ich die meisten Punkte erreicht. Das interessierte mich überhaupt nicht. Ich war froh als diese Sportübung vorbei war und wir zur Unterkunft zurückkonnten.

Damit war der heutige Tag beendet. Die Truppe hatte frei, wir konnten duschen gehen, und der Rest des Tages stand zur freien Verfügung. Einige blieben den Abend auf der Stube. Hannes und ich gingen in die Kantine.

Auf dem Weg dorthin musste ich äußerst vorsichtig gehen, ich hatte mir ja beim Sport den linken Knöchel verletzt. Es sollte doch niemand merken, dass das nur gespielt war.

Zwischendurch mussten wir die uns entgegenkommenden Unteroffiziere und Offiziere grüßen, haben aber doch nicht bemerkt, dass wir dabei einige höhere Dienstgrade übersehen haben.

Wir wurden von denen angepfiffen: „Könnt ihr nicht grüßen? Von welcher Kompanie seid ihr?" Natürlich grüßten wir dann und gingen weiter. Wir hörten dann: „Das wird ein Nachspiel haben!" Uns war das so scheißegal, wir dachten nur wie bescheuert sind die eigentlich? Lasst uns doch einfach in Ruhe!!

In der Kantine trafen wir auf einen Flieger, der vor einigen Tagen mit uns zur Feuerwache abbestellt war.

Er saß an einem Tisch, spielte auf seiner Gitarre und sang dazu. Einige Lieder kannte ich gut und sang mit. Er staunte und wollte von mir wissen woher ich die Texte kenne.

Auf meine Antwort - Pfadfinder gewesen - streckte er mir die linke Hand hin und wir begrüßten uns mit dem typischen Pfadfindergruß.

Er erzählte Hannes und mir dann, dass er aus dem Ruhrpott stamme, und den ganzen „Scheiß" hier eigentlich gar nicht mitmachen wollte, doch bei der Musterung sei er mit Tauglichkeitsgrad 2 eingestuft worden.

Nun ist er da! Es sah so aus, als hätte ich noch einen Verbündeten hier in Pinneberg. Wir blieben den ganzen Abend zusammen und unterhielten uns über die Zeit vor der Einberufung. So erfuhr ich noch, dass er aus Datteln stammt, einer Nachbarstadt.

Jeden Morgen, immer dasselbe Prozedere. Für 10 Uhr war heute Waffenkunde mit Munition im Lichthof angesagt. Dazu mussten wir alle das Gewehr mitbringen. Es war ein seltsamer Haufen, der sich mit der Knarre im Lichthof einfand.

Ein dafür ausgebildeter Feldwebel aus der Waffenkammer wurde uns vorgestellt. Er packte die Canadian-Rifle aus und erklärte uns nochmal *gaaaaanz* langsam, wie das Gewehr auseinandergenommen wird. Dabei streichelte er es und tat, als wenn er in die Knarre verliebt sei, so als wäre das *»seine Braut«.*

Die Flieger lästerten oder schmunzelten. Er sah die Truppe daraufhin nur böse an. Wütend sagte er zu uns: „Männer, ihr werdet *»diese Braut«* noch lieben lernen. Das ist die *»einzige Braut«,* auf die ihr euch vollkommen verlassen könnt!"

„Sind sie sich da ganz sicher?", kamen einige Stimmen aus dem Publikum. „Ich habe schon eine Braut, die wird sicherlich nicht damit einverstanden sein, wenn ich fremdgehe", und „wenn ich ihr das erzähle, bekomme ich verdammt großen Ärger, das können sie mir glauben."

„Schluss mit dem Gequatsche, wir sind hier nicht auf einem Marktplatz!", hörten wir unseren, ach so geliebten, *»Zwei-Streifen-Gefreiten«* sagen. „Hört dem Feldwebel genau zu, eine zweite Vorführung wird es nicht geben!"

Es wurde ruhig in der Truppe. Wir verfolgten genau seine Anweisungen, wie wir das Gewehr auseinandernehmen, und vor allen Dingen, reinigen müssen. Das aber war gar nicht so einfach, das hatten wir bisher nicht gesehen. Waffenreinigung ist eine Extra-Disziplin, die in den nächsten Tagen auf dem Lehrplan stehen soll.

Aus einer großen Kiste kramte der Feldwebel einen Munitionsgurt heraus, der aussah wie ein überdimensionaler Ledergürtel, gespickt mit länglichen Patronen, die aussahen wie die dünnen Zigarren meines Onkels, der Zeit seines Lebens damit die Luft verpestete. Mit diesen Patronen sollte das Gewehr geladen werden, und zwar eine nach der anderen.

Das ist ein Repetiergewehr. Man kann immer nur eine Patrone in den Lauf schieben, das Schloss schließen, anschließend genau das Ziel anvisieren und abdrücken zum Schuss. Danach musste man die restliche Hülse mit einem Hebel aus dem Lauf werfen, den Vorgang neu starten.

Ein Flieger sagte während der Erklärung: „Ist ja eine tolle Erfindung. Wenn ich die zweite Patrone laden will, und erst die restliche Hülse entfernen muss, hat der Feind mich schon erschossen, oder Herr Feldwebel?"

Dieser Einwand wurde vom Feldwebel überhört, er war so in seinem Element uns das Gewehr zu erklären. Vielleicht hat er den Einwand auch gar nicht gehört. Danach bekam jeder Soldat eine Patrone, weil es alle einmal ausprobieren sollten.

„Keine Angst, das ist keine scharfe Munition, sie ist nur zu Übungszwecken da.", kam die Aufklärung.

Es wurde probiert und probiert, bis der *»Oberdödel«* die Unterweisung beendete. Die Patronen wurden wieder eingesammelt, »Herr Feldwebel« schnappte seine Sachen und ging.

Wir dachten schon, dass der Unterricht beendet sei; da kam einer unserer gestrigen *»Ausbilder«* und gab jedem von uns ein DIN-A4-Blatt. Darauf sollten wir unsere bisherigen Sportauszeichnungen, wie Urkunden, Ehrungen, Trainerscheine, Übungsscheine usw. niederschreiben.

Was sollte das denn schon wieder bedeuten, wollten wir wissen, doch er winkte nur ab und meinte: „Das werdet ihr schon früh genug erfahren, macht euch nicht so viele Gedanken, wir wissen eh` schon alles von euch!" Ich dachte nur, wenn ihr schon alles wisst, warum dann das hier?

Nachdem wir dann doch den Bogen ausgefüllt hatten, wurden wir auf unsere Stuben entlassen mit dem Satz: „14 Uhr antreten im Karree, Kampfanzug und Sturmgepäck. Marschieren ist angesagt!"

Ausnahmsweise war die Kompanie um 14 Uhr vollzählig so angetreten wie befohlen. Es gab nichts auszusetzen an uns. Das war schon verdächtig. Im Gleichschritt, wie üblich, marschierten wir los.

Zum ersten Mal verließen wir das Kasernengelände und marschierten in den nahegelegenen Wald. Ich hatte so meine Probleme mit dem Kampfanzug, dem Sturmgepäck und mit dem Gewehr.

Alles nicht so einfach! Dazu kam noch, dass ich nicht wusste, wie ich mit meinen neuen Stiefeln laufen konnte. Den Rat des Soldaten aus der Kleiderkammer hatte ich befolgt. In meine Stiefel gepinkelt, über Nacht stehen lassen, am anderen Morgen ausgeschüttet und trocknen lassen.

Ob das alles so richtig war, wird sich beim Marschieren zeigen. Als die Truppe einen Feldweg entlang marschierte, immer im Gleichschritt, hörten wir plötzlich den »Ausbilder« rufen: „Tiefflieger von vorn!"

Alle schauten nach vorn, aber von Tieffliegern war nichts zu sehen. Also reagierte auch niemand auf diesen Ausruf. Das brachte die »Ausbilder« zur Weißglut. „Ganze Kompanie, stillgestanden!", brüllten sie.

Wie die Ölgötzen standen wir nun hintereinander mitten im Wald, und wussten gar nicht was die von uns wollten. „Soldaten, das ist eine Übung," hörten wir den »Ausbilder« laut schreien, wir sind hier um euch zu zeigen, was im Ernstfall passieren kann.

Wenn ihr den Befehl Tiefflieger hört, müsst ihr euch sofort in Sicherheit bringen und zwar so, dass die Piloten euch von oben nicht sehen können. Und wenn gleich in der Nähe ein Graben ist so schmeißt ihr euch sofort, ohne zu überlegen, in den Graben, habt ihr »Hornochsen« mich verstanden?"

Wie mit einer Stimme war zu hören: „Jawohl, Herr Unteroffizier!" „Rührt euch, und weiter im Gleichschritt marsch!", waren seine Worte.

Nach einigen hundert Metern kam nochmal der Befehl: „Achtung, Tiefflieger von links!" Die meisten schauten nach links, doch dort war der Wald. Die gesamte Kompanie warf sich rechts oder links in den Graben, voll in den Matsch. In den Gräben stand noch so richtig viel Wasser das noch nicht im Boden versickert war. Wir sahen aus wie die Schweine!

Das störte aber niemanden, wir mussten sofort wieder raus aus den Gräben und der Marsch ging weiter. Und wieder im Gleichschritt! Toll dachte ich, im Gleichschritt mitten im Wald. Was soll das denn bringen?

Im Mittelalter sind die verfeindeten Soldaten auch immer so aufeinander zugegangen. Warum können wir nicht normal laufen? Woher hat die Bundeswehr diese militärische Taktik? Hat denn wirklich niemand seit dem Mittelalter dazu gelernt? Ist das für den Feind einfacher uns abzuschießen?

Im Kampfanzug, mit Stahlhelm und Sturmgepäck, dazu das Gewehr, natürlich ohne Munition, so ein Blödsinn!

Ich hatte den Gedanken noch nicht zu Ende gedacht, da kam schon der nächste Befehl:

„Achtung, Tiefflieger von vorn!" Die Meisten warfen sich sofort wieder in den Graben, einige hatten das noch nicht so richtig geschnallt als der *»Uffz«* sie anbrüllte: „Ihr seid alle tot! Auf Männer! Es geht weiter, wir haben noch viel vor uns. Achtung, schrie jetzt ein anderer *»Ausbilder«,* Panzer von vorn!"

Schon warfen wir uns wieder in die Gräben. Ich hatte endgültig die Schnauze voll von dem Geschrei und beschloss im Graben liegen zu bleiben. Als hätte ich heftige Schmerzen, verzog ich mein Gesicht und versuchte aufzustehen. Es gelang mir nicht so leicht, denn ich hatte mir beim Sport, den linken schon lädierten Knöchel, erneut verstaucht.

Sofort wurde nach einem Sani gerufen, der sich von dem hinter der Kompanie herfahrenden Sanitätswagen, zu mir auf den Weg machte. Mein Knöchel wurde untersucht, dabei jammerte ich laut über die Schmerzen.

Ich wusste ganz genau wie weh so eine Verstauchung tut und als Verletzung nicht sofort zu erkennen ist. Blau wurde es erst einige Zeit später.

Der »Uffz« winkte einen Jeep heran, ich durfte mich reinsetzen, verstaute mein Gewehr und mein Sturmgepäck, und durfte dann mit dem Jeep hinter der Truppe herfahren.

Während der Fahrt hing ich meinen Gedanken nach, und kam zu dem Schluss, dass hier zwei Welten aufeinanderprallen. Mit dem Militär und dem Drill werde ich nie zurechtkommen. Wenn andere mit dieser Art von Menschenführung einverstanden sind, ich werde das nie sein.

Also beschloss ich ab sofort, alles daranzusetzen, mich diesen Schikanen zu widersetzen. Was die anderen von mir denken würden, war mir total egal. Und, dachte ich, die haben mich gewollt, jetzt sollen sie auch mit mir fertig werden.

Der Marsch dauerte noch einige Zeit. Er wurde immer wieder unterbrochen mit dem Geschrei der »Ausbilder« nach Tieffliegern, usw.

Wieviel Kilometer schon hinter uns lagen, kann ich nicht sagen, da tat sich vor uns wie von Geisterhand eine kleine Lichtung auf, und es kam der Befehl:

„Ganze Kompanie stillgestanden! Rührt euch! Hier wird die einzige Pause gemacht, fertig zum Essenfassen!"

Essenfassen hörte sich gut an, nur wir hatten nichts dabei was wir essen konnten. Niemand hatte uns vor dem Marsch gesagt, dass wir auch Verpflegung mitnehmen sollen. Die Truppe wurde unruhig und wollte sich beschweren, da sahen wir einen LKW kommen.

„Da kommt eure Verpflegung, Männer!", hörten wir. Auf dem LKW sahen wir eine riesige Gulaschkanone, was uns hoffen ließ etwas Vernünftiges zu bekommen.

Zum Sturmgepäck gehörte auch das Essgeschirr, ein Blechhenkelmann, den wir noch nicht kannten, aus dem wir aber essen konnten. In einer Reihe mussten wir uns aufstellen, um nach und nach an der Gulaschkanone unser Essen abzuholen.

Unsere Reihe war so lang, als der letzte endlich sein Essen bekam, standen die ersten schon wieder dahinter. Es waren aber nur die mit dem großen Hunger um sich Nachschlag zu holen.

Endlich waren alle abgefüttert und es ging weiter. Wo wir waren wusste niemand, und wie lange es noch dauern würde bis wir wieder in der Kaserne sind, auch nicht.

Gedanken machte ich mir schon lange keine mehr, ich brauchte ja nicht mitmarschieren. Mittlerweile wurde es dunkel, weit in der Ferne sahen wir schon unsere Kaserne.

Alle, ich auch, waren glücklich als wir endlich dort ankamen. Wie es sich gehörte, mussten wir wieder vor der Unterkunft im Karree Aufstellung nehmen, obwohl wir von oben bis unten verdreckt waren.

Dann eröffnete uns der Spieß: „Soldaten, morgen ist Wäscheabgabe. Jeden Mittwoch ist Reinigungstag, haltet euren Wäschesack bereit!"

Das war uns neu, bisher hatte uns noch kein »Ausbilder« darauf aufmerksam gemacht, unsere Wäsche reinigen zu lassen. Um ehrlich zu sein, ich glaube niemand hat in den letzten Tagen daran gedacht, seine Wäsche zu waschen.

Dann wurden wir entlassen. Die Truppe verschwand so nach und nach auf ihren Stuben. Ich konnte nicht so schnell laufen, humpelte also hinterher. Als der Spieß das sah, musste er mir noch einen Rüffel erteilen:

„Soldat, sie waren heute zum Kartoffelschälen in der Küche eingeteilt und haben sich dort nicht gemeldet. Zu ihrem Glück wurden sie in der Zeit nicht in der Küche gebraucht, so werde ich dieses Mal von einer Strafe absehen. Wenn das allerdings noch einmal passiert, haben sie wieder Feuerwache, das kennen sie ja schon, oder?"

„Jawohl, Herr Hauptfeldwebel, ich werde mich daran halten", gab ich zur Antwort. „Morgen früh gehen sie zuerst zum Sani, dort wird der Knöchel verarztet, haben sie verstanden?" Ich nickte nur, wartete noch, ob er mich wieder zusammenscheißen will, und als nichts kam, humpelte ich auf meine Stube.

Kumpel Hannes wartete schon ungeduldig auf mich, und wollte natürlich wissen, was mit meinem Knöchel ist. Ich gab Entwarnung und gab ihm zu verstehen, jetzt und hier nicht darüber reden zu wollen.

Er sah mich an, und ich glaubte er hat verstanden, denn beim Sport war ich auch schon umgeknickt. Ich sagte ihm auch, dass der Spieß mich wegen des Kartoffelschälens ermahnt hat, aber keine Bestrafung erfolgt sei.

Meine Stubenkameraden waren so richtig fertig von diesem Marsch, konnten es aber nicht lassen mich zu foppen:

„Na, hast ja richtig Glück gehabt im Jeep." Ich zuckte nur die Schultern und konnte ein Schmunzeln nicht unterdrücken. Kurz darauf hieße es: „Zapfenstreich!" Mal sehen, was uns der nächste Tag bringt.

Meine Stubenkameraden waren an diesem Morgen nicht richtig wach zu kriegen. Obwohl um 6 Uhr die Trillerpfeife im Bau „Aufstehen" befahl, dauerte es doch einige Minuten länger als sonst, bis sie ihre müden Knochen aus den Betten heben konnten oder wollten. Der gestrige Tag hatte bei ihnen mehr Spuren hinterlassen als sie zugeben wollten, das sah man ihnen an.

Es half aber alles nichts, unsere *»Soldatenschinder«* waren unerbittlich. Sie hatten kein Mitleid mit uns und riefen durch den Flur: „Reinigungssäcke rausstellen, aber flott!"

Dieses Kommando machte alle fit. In Windeseile suchten alle ihre Klamotten zusammen und stopften sie in die Reinigungssäcke, stellten sie vor die Tür auf den Gang, und machten sich auf den Weg in die Waschräume zur Morgentoilette.

Wer früh genug dort war hatte auch den meisten Platz und wurde nicht bedrängt. Eigentlich waren die Waschräume viel zu klein für eine ganze Kompanie, doch in den 10 Tagen haben wir uns schon daran gewöhnt.

Wie jeden Morgen machten wir dann das, was wir bisher gelernt hatten. Ich fragte mich: „Haben wir in den 10 Tagen überhaupt etwas gelernt?"

Ohne Anzuklopfen stand plötzlich unser *»Zwei-Streifen-Dödel«* in der Tür. Ich hörte das Kommando vom Stubenältesten:

„Achtung! Stube 32 mit 8 Mann vollständig angetreten!" „Rührt euch, Stubenkontrolle, oder hat jemand etwas zu sagen?"

Unser *»Spezi«* schaute sich zuerst jeden Spind an. Dieses Mal wollte er sogar in unser privates Fach sehen, das wir abschließen konnten. Das war schon sonderbar.

Was sollte denn das? Etwas Privatsphäre sollte schon sein. Aber leider mussten wir das Fach doch öffnen, dort konnten wir wenigstens unsere privaten Sachen, wie Geldbörse usw. verstauen.

Aufmachen mussten wir es, leider. Alles schien in Ordnung zu sein, doch bei unserem achten Mann, in unseren Augen ein Sonderling, fand er Kondome und eine Packung Tampons.

Ohne darauf einzugehen, durfte jeder sein Fach wieder abschließen. In einem kleinen Notizbuch machte sich unser *»Spezi«* einen Vermerk. Unser Stuben-Kamerad schaute sich etwas verunsichert um, doch von uns machte niemand eine Bemerkung. Das ging uns ja auch nichts an. Die normale Ordnung im Spind beanstandete er heute nicht, dafür waren die Betten mal wieder an der Reihe. Bei einigen hatte er nur Kleinigkeiten auszusetzen, als er aber an mein Bett kam, packte ihn die Wut:

„Das, Soldat, soll ein gemachtes Bett sein?" Mit zwei Handgriffen hatte er das gesamte Bett auseinandergerissen und schon lag es auf dem Boden. „Das üben wir noch," sagte er und verschwand aus der Stube.

Hannes und die anderen schauten mich an und meinten: „Was hat der nur immer mit dir? Dich kann er wohl besonders gut leiden oder?" „Der wird sich noch wundern, sagte ich, machte aber mein Bett auf`s neue.

Auf dem Weg zur Kantine kamen wir am *»Schwarzen Brett«* vorbei und lasen: 10 Uhr Unterweisung im Gewehrreinigen.

Kurz vor 10 Uhr versammelten wir uns wie befohlen im Lichthof, selbstverständlich hatten wir unser so geliebtes Gewehr dabei. Es kam mal wieder der Spezialist aus der Waffenkammer, zeigte uns nochmals wie wir *»unsere Braut«* auseinandernehmen sollen, grinste dabei über beide Ohren und meinte:

119

„Schaut genau hin, sie wird es euch ewig danken!" Mitgebracht hatte er ein Fläschchen sehr feines Waffen-Öl, und eine Handvoll Putztücher. Dann zeigte er uns wie das Gewehr zu reinigen ist, vor allen Dingen der Lauf des Gewehres. In seinen Augen war der Lauf mit das Wichtigste.

Er hob das Gewehr an um durch den Lauf zu schauen. Damit wollte er uns zeigen, wie sauber der Lauf sein soll, dadurch hätten wir die Gewissheit, dass die Patrone auch den richtigen Drall bekommt beim Abfeuern.

Die mitgebrachten Putzlappen und das Waffen-Öl verteilte er jetzt unter uns und wollte dass wir das Gewehr hier, unter seiner Aufsicht, genau nach seinen Vorgaben reinigen.

Es war gar nicht so einfach, niemand konnte es ihm recht machen. Bei jedem hatte er etwas auszusetzen. Wir amüsierten uns schon hinter seinem Rücken.

Einige »OA`s« waren natürlich wieder die Besten. Denen gelang aber auch alles. Wir popeligen, einfachen Soldaten waren dagegen nur »saudumm«, und begreifen nichts.

Ich war froh, dass wir so schlaue Kameraden hatten, die allein für uns den Krieg gewinnen können und meinte grinsend zu Hannes: „Was ist nur mit uns los, warum kapieren wir das nicht, so doof können wir doch nicht sein."

„Oh doch", war die Antwort des OVD. Wir waren richtig angepisst von dem *»Schlaumeier«,* ließen es uns aber nicht anmerken.

Das, was unser Waffenspezialist von unserer Reinigungsaktion bisher gesehen hat, war ihm anscheinend schon genug. Die gesamte Vorstellung dauerte schon einige Zeit. Er packte seine Sachen zusammen und verabschiedete sich mit den Worten:

„Das Waffen-Öl und die Reinigungstücher könnt ihr behalten, ihr werdet es noch oft genug brauchen."

Wir versuchten jetzt, in aller Ruhe, unser Gewehr wieder zusammenzubauen um es dann in unsere Stube zu bringen und einzuschließen. Eine halbe Stunde später mussten wir wieder im Lichthof erscheinen, zum Unterricht über die DDR und über Spionage.

Unser *»Zwei-Streifen-Fuzzi«* und ein Offizier des MAD unterrichteten uns. Es ging einfach darum wie wir uns zu verhalten haben, bei eventuellen Belästigungen, Beschwerden unbekannter Personen oder Organen, die uns in irgendeiner Weise verdächtig vorkamen.

Wir wurden vom MAD aufgefordert, uns sofort mit ihnen in Verbindung zu setzen, falls, in welcher Form auch immer, andere Menschen oder sogar Soldaten anderer Nationen, zu uns Kontakt aufnehmen wollten.

Es sei strafbar mit Spionen, so nannte er diese Menschen, zu kommunizieren. Ein interessantes Frage- und Antwortspiel fand statt. Dabei stellte unser *»Ober-Dödel«* auch die Frage:

„Wie steht der Soldat in der Öffentlichkeit?"

Im ersten Augenblick wollte oder konnte niemand darauf antworten. Meine Stubenkameraden schauten mich an und flüsterten mir zu, mich zu melden. Sie wussten alle, wie ich zu dem *»Blödmann«* stehe.

Ich meldete mich indem ich aufzeigte, wie früher in der Schule. *»Supermann«* sah mich an, schaute weiter in die Runde, und als sich niemand meldete, gab er mir ein Zeichen, dass ich antworten solle:

„Gerade, Herr Obergefreiter!", war meine kurze und knappe Antwort.

Meine Kameraden kugelten sich, lachten und prusteten vor sich hin, bekamen dann von ihm zu hören:

„Ruhe!", wenn einer hier etwas zu sagen hat, dann ich!"

Ich wusste ich hatte bei ihm verschissen! Darum machte es mir besonders viel Spaß blöde Antworten zu geben. Er aber ließ sich nichts anmerken, setzte unverdrossen seinen politischen Unterricht fort. Wieder das gleiche Spiel, Fragen und Antworten. Ich wollte ihn aber noch ein wenig ärgern, wartete nur auf eine Gelegenheit. Als dann die Frage gestellt wurde, ob wir wüssten was denn ein Spion ist, musste ich schon innerlich lachen.

Für wie blöd hältst du uns eigentlich, dachte ich nur. Interessant war, dass die meisten meiner Kameraden mich anschauten als wollten sie sagen na, hast du nicht noch so eine schöne Antwort wie vorhin für ihn bereit?

Jetzt war die Gelegenheit gekommen, denn ich meldete mich wieder: „Herr Obergefreiter. Spionage ist so geheim, da wissen die Leute selbst nicht so genau, was Spionage ist, oder?"

Die Kompanie brüllte, wurde aber sofort wieder angeschrien: „Ruhe!" Er hatte sich wohl genug geärgert, beendete den Unterricht und sagte: „Männer, 14 Uhr unten antreten mit Gewehr. Schießübungen im Gelände sind angesagt, Kampfanzug, Sturmgepäck, volle Montur, wegtreten!"

Das war`s, wir verzogen uns auf unsere Stuben, gingen anschließend zum Mittagessen. Auf dem Weg mussten wir nur immer wieder die ranghöheren Soldaten grüßen, was uns aber locker am A..... vorbei ging.

Von einigen bekamen wir wieder einen Anschiss, der uns sagte, grüßen könnt ihr immer noch nicht. Es war ja auch erst der 10. Tag in der Grundausbildung. Dafür haben wir aber schon sehr viel militärische Ausbildung hinter uns, dachte ich.

Wir waren natürlich um 14 Uhr vollzählig unten im Karree angetreten, auch mit Knarre und marschierten dann irgendwo auf dem Kasernengelände zur Schießübung.

Das Gewehr, »unsere Braut«, kannten wir jetzt. Wie es geladen oder gereinigt wird wussten wir auch schon, wie man mit »unserer Braut« auch wirklich schießen kann, das haben sie uns noch nicht gezeigt.

Ich war gespannt wie ein Flitzebogen wie das von statten ging. Zu Hause hatten wir schon mal auf der Kirmes auf verschiedene Dinge geschossen. Das war ja auch ganz einfach, aber hier mit einer richtigen Kriegswaffe, das ist doch etwas ganz anderes, dachte ich. Aber wir müssen es lernen, wenn wir damit unser Land vor dem Feind beschützen sollen!

Das Schießgelände lag wirklich am äußersten Rand der Kaserne und war durch Schutzwälle vor Sicht von außen geschützt. Ich glaube, wenn der Feind unser Treiben auf diesem Gelände sehen könnte, würde er vor Lachen tot umfallen.

Wir wurden in Gruppen eingeteilt, bekamen jeder 10 Patronen, und sollten auf die Mitte, also die zehn, in ca. 20 bis 30 Meter entfernten Zielscheiben, schießen.

Das erste Schießen war schon ein Witz. Zehn Soldaten sollten sich bäuchlings hinlegen und auf das Kommando warten. Ein »Ausbilder« machte es uns vor. Das Gewehr im Anschlag, fest gegen die Schulter drücken, die Patrone einlegen, durchladen, zielen und warten bis das Kommando „Feuer" kommt.

Manche haben sogar die Scheiben getroffen. Ich leider nicht! Beim Kommando „Feuer" habe ich mich erst erschrocken, dann den Abzug gezogen und einen harten Schlag gegen die Schulter gespürt. Da muss das Gewehr sich wohl nach oben bewegt haben und der Schuss ging in die Wolken.

Das Schießen wurde sofort unterbrochen. Die »schlauen Ausbilder« merkten, dass sie irgendetwas falsch gemacht hatten. Das Schießen mit dem Gewehr wurde uns jetzt erst genau erklärt, so mit Kimme und Korn, Diopta, Rückschlag, usw.

Es war aber auch gar nicht so einfach einen so komplizierten Vorgang mit *»unserer geliebten Braut«* zu begreifen. Wir waren doch nur *»doofe Soldaten«,* das wurde uns schon einige Male bestätigt.

Darum hatten sie jetzt auch so ihre Probleme mit der Truppe. Nur die *»OA`s«* und die *»Dienstgeilen«* kapierten es sofort, wie immer. Für Hannes und mich waren das alles *»Arschkriecher«.*

Es dauerte eine ganze Weile, bis die Truppe mit den Belehrungen und den anschließenden Schießübungen fertig war. Wie üblich wurden wir immer wieder angeschrien, beschimpft und heruntergemacht. Jetzt hatten wir endlich unser Gewehr, konnten, durften oder sollten damit schießen, nur verstanden wie das wirklich funktioniert, haben das nicht alle.

So wie ich und einige andere es sahen, war es ein totaler Reinfall. Von den *»Ausbildern«* hörten wir nur wieder: „Das werden wir noch üben, euch kriegen wir auch noch dahin, alle anderen haben es ja auch begriffen."

Endlich mussten wir wieder antreten und der Rückmarsch begann. Den restlichen Abend hatten wir frei. Klamotten ausziehen, waschen. Bis zum Zapfenstreich haben wir lange über die Schießübungen debattiert.

Der Morgen fing schon mal wieder gut an. Ich hätte mit jedem meiner Kameraden wetten können, dass mich der *»Oberdödel«* heute auf dem Kieker hat. Nach der gestrigen Verarsche, während des Unterrichts, wusste ich was auf mich zukommt.

Keiner wollte mir glauben, doch als mein Bett wieder auseinandergerissen wurde, sahen meine Kameraden ein, dass er mich besonders gut leiden kann. Ich schwor mir: „Junge morgen lege ich dich rein, wirst schon sehen."

Treffen, wie immer, im Lichthof zum Unterricht. Durchgekaut wurde natürlich das gestrige Schießen. Alle Erklärungsversuche und Mahnungen wie es bessergehen soll, erreichten die meisten von uns nicht. Auch das blöde und immer wiederkehrende Gerede über Politik, DDR usw. hinterließ bei niemandem Eindruck.

Da kam unverhofft ein *»Uffz«* herein und teilte uns mit: „Am 10., 11. und 12. November finden internationale Militärmeisterschaften statt.

Ich habe gerade den Befehl bekommen entsprechende Soldaten zu melden, die auf Grund besonderer Leistungen Chancen haben daran teilzunehmen. Bei den letzten *»CISM-Meisterschaften«* waren wir nicht ganz vorne dabei, aber das soll sich in diesem Jahr ändern.

Diese *»CISM-Meisterschaften«* beinhalten Leichtathletik und Schwimmen. Teilnehmer sind Soldaten aus England, Holland, Belgien und wir von der
Bundeswehr. Wer Interesse daran hat und die
Qualifikation mitbringt, kann sich bis heute Abend
beim OVD melden. Morgen werde ich dann die
Namen bekanntgeben und sie zu den *»CISM-
Meisterschaften«* melden. Heute Nachmittag be-
obachte ich alle nochmal beim Sport, und mache
mir dabei Notizen."

Einige wollten wissen welche Disziplinen denn
ausgetragen werden, worauf der »Uffz« uns folgendes vorlas:

„Leichtathletik: 3000 Meter Laufen, Weitsprung
und 100 Meter Sprint. Schwimmen: 100 Meter
Brust, 100 Meter Schmetterling, 100 Meter Kraul
und ein Wasserballturnier."

Für mich sah das gut aus, denn eines wusste ich
ganz genau, Leichtathletik ist nichts für mich, aber
Schwimmen, das ist mein Metier. Dafür werde ich
mich melden. Er schaute sich in der Runde um
und sagte:

„Einige habe ich schon auf dem Schirm, mal sehen wie das nachher aussieht."

Dann wurden wir entlassen und hatten bis zum
Sportunterricht Freizeit. Kumpel Hannes machte

den Vorschlag ich soll mich doch zum Schwimmen melden, denn er wusste aus den Erzählungen, dass ich Schwimmer und auch Wasserballer bin.

Nach kurzer Überlegung entschied ich, mich für alle drei Disziplinen, ebenso für Wasserball zu melden. Nachmittags beim Sport, wurde ich gefragt, ob ich mich schon für eine Disziplin entschieden hätte.

Das verneinte ich spontan, wurde aber daraufhin aufgefordert die 3000 Meter zu laufen. Als ich den »Ausbilder« daran erinnerte, dass ich erst einige Tage vorher beim Marsch umgeknickt war, meinte der nur:

„Soldat, sie laufen jetzt die 3000 Meter, das ist ein Befehl! Ich habe sie schon für die Leichtathletik vorgemerkt."

Na gut, dachte ich nur, du wirst schon sehen, was du davon hast. Ich machte mich startbereit und lief los. Nach einer halben Runde lag ich lang auf dem Rasen. Ich hatte mich vorsichtshalber nicht auf die Aschenbahn fallen lassen, sondern auf den Rasen. Sofort kam ein Sani gerannt und wollte mich untersuchen. Als ich ihm dann sagte, dass ich vorige Tage schon umgeknickt war, tat er nichts mehr und sagte nur: „Schonen sie sich, das ist besser."

Ich sah in Richtung *»Ausbilder«* der vor Wut fast platzte, und mich anscheinend aus seiner Liste strich. Während die Truppe geschlossen nach dem Sport zur Unterkunft ging, humpelte ich so langsam hinterher.

Nach dem Abendessen ging ich dann noch ins Büro des OVD, um mich bei ihm für die »CISM-Meisterschaften« anzumelden.

Ich meldete mich für alle Schwimm-Disziplinen an. Der OVD sah mich mitleidig an, so, als wäre ich nicht ganz dicht. Er konnte wohl nicht glauben, dass ich mich für 3 Wettbewerbe und für das Wasserballturnier anmeldete. Dann schaute er in seine Liste und sagte: „Wollen sie das wirklich? Es sind schon genug Meldungen eingegangen. Es haben sich schon einige Feldwebel, Leutnants und Oberleutnants gemeldet."

Er musterte mich von oben bis unten und fragte: „Soldat, meinen sie da können sie mithalten, das sind gute Leute, wir wollen uns doch nicht blamieren, oder?" Ich ließ mich nicht beirren und antwortete ihm: „Hiermit melde ich mich offiziell für alle drei Disziplinen und Wasserball!"

Er sah mich an, als käme ich von einem anderen Stern und murmelte irgendetwas vor sich hin. Ich sah, dass er meinen Namen auf die Liste setzte. So, dachte ich, dann wollen wir doch mal sehen, was *»Lametta-Träger«* so können. Für mich war das Thema erledigt.

Wo die *»CISM-Meisterschaften«* stattfinden, und wie das ablaufen sollte, war mir egal. Ich werde denen schon zeigen, was `ne Harke ist. Ich ging auf meine Stube, wo ich bereits von Hannes erwartet wurde. Hast du dich für das Schwimmen gemeldet, wollte er von mir wissen.

Als ich das bejahte, grinste er nur und meinte: „Hast du keine Probleme, wenn du alle Disziplinen schwimmen musst?" Ich erklärte ihm dann, dass manche Wettkämpfe über zwei Tage gehen, meistens am Wochenende. Bei diesen Wettkämpfen schwimme ich mehrmals, auch noch die Staffeln. „Mach dir um mich mal keine Sorgen, das ist eine meiner leichtesten Übungen."

Ich hatte damit überhaupt keine Probleme, mich interessierte wirklich nur, was an welchen Tagen geschwommen werden musste. Das Wasserballspiel hatte einen besonderen Reiz, denn in den letzten Monaten habe ich mich fast ausschließlich auf Wasserball konzentriert. Wenn wir ein Turnier hatten, ging das auch über zwei Tage und es waren immer mehrere Spiele.

Jetzt war ich schon 11 Tage hier in der Kaserne und habe nicht mehr trainiert. Deshalb beschloss ich an meinem freien Wochenende nach Hamburg zu fahren. In irgendeinem Hallenbad wollte ich trainieren. Das aber wollte ich erst am morgigen Freitag entscheiden.

Heute Morgen habe ich Hannes etwas vorge-schlagen, womit er sofort einverstanden war. Hannes wird heimlich mein Bett machen und ich seins. Wir hatten es aber geschickt angestellt, so dass keiner unserer Stubenkameraden etwas gesehen hat.

Das übliche Theater jeden Morgen begann. Ab in die Waschräume, Waschen, Toilette usw. Anschließend Stubenkontrolle. Ich freute mich schon! Unser *»Zwei-Streifen-Gefreiter«* ließ es sich nicht nehmen, Stube 32 zu inspizieren.

Nachdem unser Stubenältester Meldung gemacht hatte, steuerte *»Möchtegern«* diesmal direkt, also ohne Umweg und ohne den Rest der Stube zu beachten, auf unsere beiden Betten zu.

Er riss es einfach, wie auch in den letzten Tagen auseinander, sah mich herausfordernd an und sagte laut und deutlich: „Soldat, sie werden es wohl nie kapieren wie die Betten gemacht werden sollen. Sehen sie sich die anderen Betten an, ihre Kameraden haben es richtig gemacht.

In 10 Minuten bin ich wieder zurück und sehe mir ihr Bett nochmal an. Wenn es dann nicht perfekt ist, werden sie bestraft und sie üben bis sie umfallen. Haben sie das begriffen?"

„Nein Herr Obergefreiter, ich weiß gar nicht was sie immer von mir wollen. Sie haben doch eben laut und deutlich gesagt, alle anderen Betten seien ok. oder habe ich da etwas falsch verstanden? Mein Bett hat heute Morgen mein Kamerad Hannes gemacht und ich seins.

Wir haben unsere Betten getauscht. Ich möchte wissen, warum sie immer mein Bett auseinanderreißen? Ich verstehe das nicht. Sie können mich wohl nicht leiden, Herr Obergefreiter?"

Er wusste nicht, wie er sich aus der Affäre ziehen sollte, drehte sich um, wobei er die Backen aufblies und knurrte: „Das ist noch nicht vorbei!"

So schnell, wie er auf mein Bett zugesteuert war, war er auch wieder weg. Ich sah die Gesichter meiner Kameraden. Sie konnten sich nicht halten vor Lachen, zeigten mit dem Daumen nach oben, und sagten: „Dem hast du es aber gegeben!"

Auf dem Weg zum Frühstück guckten wir noch auf das *»Schwarze Brett«* und waren überrascht. Heute Morgen 10 Uhr: Antreten auf dem Exerzierplatz in Ausgehuniform. Das hatten wir ja noch nie. Weiter war zu lesen, dass uns das Gelöbnis abgenommen werden soll.

Im politischen Unterricht hatten wir bereits davon gehört, dass jeder Soldat einen Eid leisten soll. Wir dachten allerdings, nur die Zeitsoldaten.

Während des Frühstücks unterhielten wir uns natürlich darüber, und wollten uns überraschen lassen was alles so passiert. Heute war es anders als sonst, die Kantine war rappelvoll, so eine Menge Soldaten hatten wir dort morgens noch nie gesehen. Und alle in Ausgehuniform. Nur unsere Truppe nicht.

Sie schauten uns mitleidig von der Seite an, wir allerdings glaubten, wenn wir zur Unterkunft zurückgehen, und uns dann in Ausgehuniform schmeißen, würde das reichen. So machten wir das dann auch.

Unterwegs begegneten wir einer Gruppe von Soldaten die alle mit einem Musikinstrument herumliefen. Ist heute auch eine Kapelle da, fragten wir uns? Bis gestern wussten wir noch nichts von dem heutigen Gelöbnis.

Ich konnte mir nichts darunter vorstellen, dachte du sagst einfach „Ja" und fertig ist die Kiste." Als wir dann aber in Richtung Exerzierplatz gingen, staunten wir nicht schlecht, der ganze Platz war voller Soldaten. An einer Stelle war ein Podium aufgebaut, dahinter stand eine Militär-Kapelle und übte fleißig.

Über Lautsprecher hörten wir plötzlich: „Achtung! Soldaten, am Seitenrand des Feldes im Karree aufstellen, nach Kompanie geordnet!" Ein heilloses Durcheinander entstand. In Ausgehuniform sahen wir alle gleich aus, versuchten aber uns an bekannten Gesichtern unserer Kompanie zu orientieren.

Nach sehr kurzer Zeit klappte das so, als hätten alle vorher fleißig geübt. „Soldaten Stillgestanden!", war zu hören und „Ruhe!".

Ich habe noch nie Offiziere und Unteroffiziere, sowie Feldwebel in so großer Zahl gesehen. (bin ja auch noch nicht lange dabei) Ein Oberst trat nach vorn ans Mikro und hielt eine flammende Rede die ich nicht verstand. Ich glaube aber, die anderen auch nicht, das konnte ich in ihren Gesichtern lesen.

Von der neuen Verteidigung der Bundesrepublik gegen alle Mächte des Bösen (so ein Quatsch) sowie von der Bedrohung des Ostblocks war die Rede usw. usw. Und was das »Feierliche Gelöbnis« für jeden Soldaten bedeute.

Wahrscheinlich interessierte die Meisten nicht, was der Redner uns sagen wollte. Das ganze Geschwafel wurde endlich von der Musikkapelle beendet. Dann trat ein Soldat an das Mikro und sprach den Eid.

"Ich schwöre, der Bundesrepublik Deutschland treu zu dienen, und das Recht und die Freiheit des deutschen Volkes tapfer zu verteidigen, so wahr mir Gott helfe."

Ich hörte alle laut sagen: „Ich schwöre!"

Ich sah zu Hannes der mir anzeigte, nichts gesagt zu haben. Ich schwieg ebenfalls und war der Meinung nichts falsch gemacht zu haben.

Lauter Beifall zeigte an, dass die Meisten wohl mit dem Gelöbnis einverstanden waren. War das etwas Besonderes? Das war nicht meine Welt. Die Zeremonie dauerte jetzt schon mehr als eine Stunde, die Militär-Kapelle spielte endlich dann zum Abschied: „Oh du schöner Westerwald!"

Ein Lied, das wir schon bei den Pfadfindern gesungen hatten. Mein Vater erzählte früher mal, das haben sogar die Soldaten schon während des 2. Weltkrieges gesungen, das wollte ich ihm damals aber nicht glauben.

Endlich wurden alle vom Redner entlassen mit den Worten: „Soldaten, rührt euch. Ihr könnt stolz sein. Jetzt seid ihr Soldaten der Bundeswehr.

Der Exerzierplatz leerte sich und alle verschwanden in ihren Unterkünften. Auf unserer Stube angekommen, hatten wir reichlich Gesprächsstoff.

Dabei stellten wir fest, dass keiner unserer Stubenkameraden bei dem Gelöbnis den Mund aufgemacht hat. Also haben wir dem auch nicht zugestimmt. Wir waren alle *»W12er«,* wir wurden gezwungen die Bundeswehrzeit abzusitzen.

Wir waren der Meinung, dass uns keiner deswegen einen Vorwurf machen kann. Wir dachten, der Tag sei damit gelaufen, doch weit gefehlt.

Am Nachmittag war angesagt: Gewehr reinigen, auseinandernehmen und wieder zusammensetzen. Und das alles auch noch nach Zeit. Ein extra *»Ausbilder«* pro Stube sollte das überwachen. Schöne Scheiße!

Zwischenzeitlich waren wir in der Kantine. Hatten natürlich vorher unseren Drillich angezogen und waren gespannt, was der Nachmittag uns so an Schikanen bringen würde. Durch die Lautstärke auf dem Flur wurden uns die extra *»Ausbilder«* angekündigt.

Jede Stube bekam einen dieser extra *»Ausbilder«*. Schon ging das Theater los: „Waffen raus, aber zack, zack. Gewehr reinigen wie ihr es gelernt habt, zack, zack.“

Was ist das denn für ein *»Heini«*, so einer hat uns gerade noch gefehlt. Kaum hatten wir unser Gewehr auf dem Tisch liegen, zog er eine Stoppuhr aus seiner Tasche und gab das Kommando: „Achtung, fertig los!"

Wir sahen uns ratlos an, keiner wusste, was der von uns wollte. Das änderte sich aber schnell. „Habt ihr mich nicht verstanden?", schnauzte er uns an.

„Gewehr reinigen, zack, zack!" Bis alle ihre Reinigungslappen und das Waffen-Öl herausgeholt hatten, waren Minuten vergangen.

Das gefiel dem »Obergefreiten Zack zack« überhaupt nicht, denn er hatte die Zeit gestoppt und wollte, dass wir nochmal von vorn anfangen. Also Reinigungsutensilien wieder erst einmal verstauen. Auf das neue Kommando warten. Alles wieder aus der Versenke holen und abwarten was »Zack zack« jetzt zu meckern hat.

Er schaute auf seine Stoppuhr, schüttelte den Kopf und meinte: „Blamabel, damit seid ihr die absolut schlechtesten Wehrpflichtigen, die ich je gestoppt habe.

Neuer Versuch! Aber nicht erst darüber nachdenken, wie das Gewehr auseinanderzunehmen und wieder zusammenzusetzen ist, einfach machen. Alles hört auf mein Kommando!"

Das »hin und her« ging den ganzen Nachmittag.

Nie war er mit unseren Leistungen zufrieden. Was wir auch taten, *»Zack zack«* war nie zufrieden mit uns.

Irgendwann packte er seine Stoppuhr ein, meckerte uns wieder an: „Wenn ich das nächste Mal komme habt ihr vorher geübt, sonst sieht es böse für euch aus."

Mit diesen letzten Worten verschwand er endlich und wir konnten uns auf das Wochenende freuen. Aber der morgige Samstag stand uns noch bevor, Reinigungstag für Revier und Stuben! Mit Kumpel Hannes habe ich darüber gesprochen, dass ich mich, wie bereits am letzten Samstag, überall und nirgends herumtreiben werde. Er meinte daraufhin er könne das nicht, ich solle es aber wieder genauso machen.

Heute Morgen kam mir der Bekannte aus Datteln zu Hilfe. Er hieß Gregor erfuhr ich. Gregor hatte mich am letzten Samstag beobachtet, wie ich das *»Verpissen-Spiel«*, so nannte er das, beherrschte. Dieses Spiel wollte er mitspielen.

Während die ganze Kompanie wieder mit Reinigungsarbeiten beschäftigt war, gingen wir, beide getrennt voneinander, kreuz und quer durch unsere Unterkunft, mal drinnen und mal draußen. Wenn wir uns dabei zufällig begegneten, taten wir als würde einer dem anderen eine Botschaft oder einen Befehl überbringen. Danach grüßten wir uns vorschriftsmäßig mit Handzeichen an die Mütze.

Den ganzen Morgen ging das dann so. Niemand kam auf die Idee, dass da etwas nicht stimmte. An Samstagen war die Stubenabnahme immer erst mittags um 12 Uhr. Alle waren natürlich auf der Stube, jeder wollte danach ins freie Wochenende. Die Stubenabnahme war in Ordnung.

Unser achtes Stubenmitglied war nicht mehr bei uns. Sein Bett war abgezogen, sein Spind ausge-räumt. Soldat »*Sonderbar*« war verschwunden.

Auf Nachfrage beim Spieß hieß es, er wurde nach Hause geschickt, solche Männer brauche man nicht in der Truppe. Mehr erfuhren wir nicht. Wir bekamen aber auch keinen neuen Kameraden. »Jetzt waren`s nur noch sieben«.

Aufbruch-Stimmung! Einige machten sich auf den Weg zu Verwandten, wurden sogar am Kasernen-tor abgeholt. Wer sich für das Wochenende abge-meldet hat, musste sich auch erst am Sonntagabend um 22 Uhr wieder in der Kaserne einfinden.

Für alle, die in der Nähe wohnten, war das ja auch ok. Nur wir aus dem Ruhrpott, oder noch von wei-ter weg aus dem Rheinland oder Bayern, hatten da keine Chance. Selbst für Hannes war es bis nach Flensburg zu weit.

Ich entschloss mich nach Hamburg zu fahren, weil ich ja in irgendeinem Hallenbad trainieren wollte. Fast 14 Tage war ich schon nicht mehr im Training. Mir fehlte das Wasser und das Schwimmen.

Bis nach Altona nahm ich den Zug, erkundigte mich am Bahnhof wie ich zum Hallenbad käme und machte mich, per Pedes, auf die Socken.

Ausgerechnet auf der Reeperbahn fand ich das nächste Hallenbad. Ein wenig versteckt, in einer Häuserzeile. Auf den ersten Blick konnte ich es nicht als Hallenbad erkennen, doch es war tatsächlich eins. Unscheinbar, schön alt, wie zur damaligen Zeit die Hallenbäder eben aussahen.

Beim Hineingehen hatte ich das Gefühl, in einer Absteige gelandet zu sein. Es sah so aus, als wenn hier die „Damen" von der „Großen Freiheit" schwimmen bzw. baden würden. Besonders sauber war es auch nicht. Ich bin trotzdem einige Bahnen geschwommen, weil wenig Gäste anwesend waren und die wenigen waren Frauen. Einige warfen mir „bedeutsame" Blicke zu, aber ich wollte nur trainieren.

Auf dem Rückweg ging ich über die »Große Freiheit«, um mir die speziellen Lokale anzusehen.

In aller Ruhe schaute ich mir die alles versprechenden Auslagen in den Schaufenstern an, und sah mit welchen Tricks die Männer in die Bars gelockt wurden.

Mich sprachen die Türsteher erst gar nicht an, das lag wohl an meiner Bundeswehr-Uniform. Die Türsteher vor den Bars hatten einen Blick dafür, wer für ihr Etablissement genug Geld in der Tasche hatte. Ich war es jedenfalls nicht, denn sie konnten sich an 5 Fingern abzählen, dass ein Flieger in der Grundausbildung für diese Bars nicht zahlungskräftig genug ist.

Ich hatte zu Anfang der Wehrpflicht beschlossen, meinen Freigang mache ich immer in Uniform. Warum sollte ich meine Privatsachen auftragen, wenn sie mir eine Uniform verpasst haben?

Das Training im Hallenbad hat mir gut gefallen, so dass ich sonntags wieder zum Schwimmen fahren wollte. Für ein, zwei Bier auf dem Rückweg hatte ich deshalb immer etwas Geld dabei.

Am Montag, den 16. Oktober soll es ja das erste Geld geben. 34.50 DM für die ersten 15 Tage, den Rest von 34.50 DM gibt es dann am 1. November. Ganz schön sparsam musste ich mit meinen wenigen Kröten umgehen. Extra Gespartes hatte ich nicht. Das muss auch reichen, sagte ich mir immer.

Über den morgendlichen Ablauf brauche ich nicht mehr schreiben, denn es ist jeden Morgen dasselbe. Allerdings: etwas war ganz anders, unser *»Möchtegern-General«*, der *»Zwei-Streifen-Gefreite«* ließ mich mit dem Bettenbauen in Ruhe.

Nach dem Frühstück waren wir in das Büro des Rechnungsführers bestellt. Wir bekamen unseren Sold ausbezahlt. Eine lange Schlange bildete sich, wir wurden einzeln aufgerufen. Anschließend mussten wir uns wieder sammeln und ab ging`s zum Exerzierplatz.

Auch hier immer wieder das Herumkommandieren. Nach dem Mittagessen war wieder Sport. Bevor das Laufen, Springen usw. begann, holte der *»berühmt/berüchtigte Uffz.«* seine Aufzeichnungen hervor und gab die Meldungen für die *»CISM-Meisterschaften«* bekannt.

Gott sei Dank stand ich nicht mehr auf der Liste für die Leichtathletik, allerdings für die Schwimmwettkämpfe doch noch. Er zählte auf, für welche Disziplinen er mich gemeldet hat. Genauso hatte ich mir das vorgestellt. Nachdem die Prozedur beendet war, schritt er wieder zur *»Tat«*.

Die Kompanie wurde um den Platz gescheucht, zum Weitsprung, Keulenweitwurf usw. eingeteilt. Mich ließ er in Ruhe. Nicht eine seiner Übungen musste ich mitmachen. Etwas ganz Besonderes für mich hatte er sich ausgedacht. Er hatte einen »Obergefreiten« abgestellt, der mit mir Lockerungsübungen machen sollte.

Nichts Anstrengendes. Ich glaube er hatte Angst, dass ich mich bei der Leichtathletik verletzen würde. Da ich schon in der letzten Woche beim Marschieren und beim Sport umgeknickt war, wollte er wohl kein Risiko eingehen. Danach war Dienstschluss.

Heute trafen wir uns im Lichthof, waren überrascht schon wieder Waffenunterricht zu haben. Als jedoch unser »spezieller« Waffenexperte auflief, staunten wir doch. Was er mitbrachte war ein altes Maschinengewehr, eines aus dem 2. Weltkrieg.

Er nannte es das »berühmte MG«, unkaputtbar!! „Während des Krieges hat es den Feind das Fürchten gelehrt". Mein Gott, war das schwer. Dazu kam noch ein Behälter mit dem dazu passenden Patronengurt.

Mehr als zwei Stunden dauerte diese Unterweisung. Am Ende sagte er: „Damit werdet ihr noch auf den Stuben in der nächsten Zeit üben, das kennt ihr schon vom Gewehr. Auch das MG muss gereinigt, auseinandergenommen und wieder zusammengesetzt werden. Natürlich nach Zeit." Ich machte mir meine eigenen Gedanken über das MG und meinte zu Hannes: „Das wird ja heiter werden, wenn wir mit dem uralten Ding auch noch marschieren müssen."

Die nächsten Tage vergingen, ohne besondere Vorkommnisse, es war wie immer das Gleiche. Unterricht, Exerzieren, Sport, Marschieren. Einen Vorteil hatte ich, denn ich musste keinen Sport mehr machen, nur leichte Lockerungsübungen. Beim Marschieren musste ich nur einmal mitmachen, dabei durfte ich aber im Sanka hinterherfahren.

Es ging den »Ausbildern« wirklich nur darum, mich mit dem MG vertraut zu machen und einmal auf einer Lichtung tatsächlich zu schießen. Ansonsten ließen sie mich in Ruhe.

Weil ich das alles nicht mitmachen musste, wurde ich zum Kartoffelschälen in die Küche der Kantine geschickt.

Am Freitag, den 10. November 1961, früh morgens große Aufregung! Ich wurde zum Spieß gerufen und bekam von ihm persönlich den Befehl mich bereit zu halten. In einer Stunde ist Abfahrt zum Wettkampf »CISM-Meisterschaften« nach Goch, an die holländische Grenze.

Aus unserer Kompanie war ich der Einzige. Er hielt noch eine flammende Rede vor der Sportgruppe, warum dieser Wettkampf so wichtig ist.

Schließlich seien noch drei andere Nationen beteiligt, und die Bundeswehr will und soll ja den Wettkampf gewinnen.

Dann versprach er, auf Anordnung des Kompaniechefs, für jeden Sieg einen Tag Sonderurlaub. Das war natürlich etwas, das mich besonders anspornte. Aber davon ahnte er natürlich nichts.

Vor der Unterkunft stand schon ein Bundeswehrbus, in dem ich mitfahren sollte. Ungefähr 20 Soldaten waren schon versammelt, vom normalen Flieger bis hin zum Oberleutnant.

Aha, ist das wohl wirkliche Konkurrenz, fragte ich mich, wie gut sind die Burschen? Wer von denen spielt wohl Wasserball? Ich stellte mich vor, staunte nicht schlecht, als ich einen Bekannten sah. Ausgerechnet Werner Stratmann vom SV Gladbeck 13, Obergefreiter OA.

Mit ihm habe ich viele Wettkämpfe bestritten, manchmal gewonnen, manchmal verloren. Er sah mich an und meinte: „Dass ich ausgerechnet dich hier treffe, hätte ich nicht gedacht. Seit wann bist du hier in Pinneberg? Für welche Disziplinen hast du dich gemeldet? Werden wir gegeneinander schwimmen, oder nur in der Staffel?"

So überrascht wie ich war konnte ich nur antworten: „Brust, Schmettern, Kraul, Wasserball."

„Habe ich auch von dir nicht anders erwartet," war seine Antwort. Dann erzählte er mir von seiner Tätigkeit hier als OA, und dass wir unterwegs noch einige Soldaten einsammeln würden, die auch am Wettkampf teilnehmen.

Wir fuhren von Hamburg aus weiter durch die Lüneburger Heide, Richtung Faßberg. Der Name war mir unbekannt. Hier sollten noch Wettkämpfer zusteigen.

Faßberg war ein Hubschrauberstützpunkt der Bundeswehr, und lag total versteckt in der Lüneburger Heide. Nach dieser Zwischenstation dauerte die restliche Fahrt noch ungefähr vier Stunden bis wir in Goch ankamen. Militärbusse, Sankas, Jeeps der teilnehmenden Nationen standen schon auf dem Parkplatz.

Ich hatte bisher nie holländische Soldaten, Briten oder Belgier gesehen. Für mich war es ein heilloses Durcheinander. Erst wusste ich auch nicht, wie ich die auseinanderhalten sollte, aber an den Uniformen waren sie doch zu erkennen.

Es hatten sich einzelne Lager gebildet, so wusste jeder wo er hingehörte. Auf einem dafür bestimmten Platz sollten sich alle versammeln, und auf das warten, was geschehen würde. Das waren die Worte unseres Hauptmanns. Er war der Leiter der Sportgruppe.

Mit Musik und großem Tamtam wurden die Meisterschaften eröffnet. Trotz meiner wenigen Brocken Englisch habe ich tatsächlich einigermaßen den Rednern folgen können. Es war noch früher Nachmittag, als uns unsere Quartiere zugewiesen wurden. Wir kamen in eine Turnhalle. Die anderen Nationen wurden auf eine Schule und ein extra eingerichtetes Feldlager verteilt.

Es war alles ok, wir hatten unsere Schlafsäcke dabei, genauso wie die Soldaten der anderen Nationen. Auf dem Begrüßungsplatz wurden von den wichtigen Vorgesetzten noch einige Reden in den jeweiligen Landessprachen geschwungen. Eine Militärkapelle aus dem benachbarten Holland machte ununterbrochen Musik.

Es dauerte nicht lange, als die ersten Teilnehmer zu den einzelnen Wettkämpfen aufgerufen wurden. Typisch Militär, dachte ich, hier geht es sofort zur Sache.

Am heutigen Freitag waren nur die Vor- und Zwischenläufe über 100 m Brust. Über die Zeiten meiner Konkurrenten der anderen Nationen staunte ich dann doch, die waren nicht schlecht. Mit 1.24,7 Min. habe ich mich für den Endlauf qualifiziert.

Natürlich hatte sich mein ewiger Widersacher, Obergefreiter OA Werner Stratmann, ebenfalls qualifiziert mit 1.24,2 Min.

Damit waren wir beide im Endlauf. Es waren acht Startbahnen, und für jede Nation waren zwei Bahnen reserviert. Überhaupt ging es hier heiß her, die Wasserballer trainierten, da wurde gegrillt, die holländische Militär-Kapelle begleitete das ganze Spektakel mit schmissiger Marschmusik.

Hier und dort wurden Freundschaften geschlossen, und Erlebnisse ausgetauscht. Ich fühlte mich sofort heimisch, das kannte ich bereits von anderen Wettkämpfen. Zu Anfang war man erst „Feind", doch nach ganz kurzer Zeit änderte sich das, und wir verstanden uns immer besser.

Bei den Wasserballspielen kämpften wir verbissen um den Sieg. Hinterher aber hatten wir immer viel Spaß und respektierten einander. Einige Soldaten kannten sich bereits, alle waren begeistert von diesen Meisterschaften.

Für den nächsten Morgen waren die anderen Vorläufe gemeldet, eigentlich sollte sich jeder darauf mental vorbereiten. Aber so war es nicht. Kein Schwein kümmerte sich darum. Heute feierten alle ein großes Wiedersehensfest. Die Engländer grillten sogar ein Spanferkel.

Nach reichlichem Alkoholgenuss hatten einige Soldaten in unserer Mannschaft den gloriosen Einfall, den Engländern das Spanferkel vom Grill zu klauen.

Wie sie das letztendlich gemacht haben, und wer dafür verantwortlich war, blieb für immer ein Geheimnis. Auf jeden Fall wurde das Spanferkel in eine graue Bundeswehrdecke gepackt, das war ja auch höllisch heiß, und in Windeseile im Gepäckraum unseres Busses versteckt. Gott sei Dank gab es keine Spürhunde, sonst hätten wir wohl ein großes Problem gehabt.

Unsere Mannschaft bekam irgendwann den Befehl zum Sammeln, und wie es sich für geübte Befehlsempfänger gehört folgten wir diesem. Wir fuhren dann, für uns sehr plötzlich, in unsere Unterkunft.

Wir übernachteten in der großen Turnhalle und hatten gerade unsere Feldbetten aufgebaut. Dann staunten wir nicht schlecht, als plötzlich einige aus unserer Mannschaft Decken auf den Boden legten.

Und das mitten in der Riesenhalle. Um sie herum bildete sich eine Traube aus Wettkämpfern die sehen wollten, was ihnen da vor die Füße gelegt wurde. Zum Vorschein kam das geklaute Spanferkel.

Wir konnten das gar nicht glauben, wurden aber sofort zum Schweigen verpflichtet. Einige holten das Klappmesser heraus um das Ferkel mundgerecht zu zerlegen.

Es war so verdammt heiß. Wir mussten sehr vorsichtig sein um uns nicht zu verbrennen. Wie der Rest am nächsten Morgen entsorgt wurde? Keine Ahnung! Es war ein richtig lustiger Abend mit geklautem Spanferkel und Alkohol.

Am frühen Samstagmorgen begannen die Vorentscheidungen für die 100 m Kraul, 100 m Schmetterling und 100 m Rücken. Für zwei Disziplinen, Kraul und Schmetterling, habe ich mich qualifiziert.

Nachmittags waren die Endläufe, und dieses Mal hatte ich Glück, denn ich habe nach langer Zeit endlich meinen ewigen Widersacher über 100 Brust in 1. 23.9 Min. besiegt. Bestzeit für mich!

100 m Kraul gewann ich ebenfalls. Ich konnte kaum glauben wie einfach das war. In Form war ich nur durch das Wasserballspielen. Sollten hier denn nur Luschen sein? Nach den Schwimmwettkämpfen fanden die Wasserballspiele statt. Davon versprach ich mir einiges, denn Wasserball war in der letzten Zeit das was mich wirklich interessierte.

4 x 5 Minuten reine Spielzeit, grob gerechnet macht das für jedes Viertel ungefähr eine Viertelstunde. Jeder gegen jeden, nur die Punktbesten kamen ins Endspiel das am Sonntagmorgen stattfinden sollte.

Was ich vorher nur zu hoffen gewagt habe trat ein. Wir haben das Endspiel gegen die Holländer gewonnen. Ausgerechnet gegen die Holländer. Diese Nation war bei internationalen Wettkämpfen in allen Wasserballspielen eine absolut unschlagbare Macht. Vielleicht waren die besten holländischen Wasserballer nicht beim Militär?

Nach Ende der »CISM-Meisterschaften« wurde nochmal so richtig abgefeiert. Es wurden noch mehr Freundschaften geschlossen oder wiederaufgefrischt. Ich war erstaunt, dass sich so kurz nach Kriegsende diese Nationen, obwohl sie unter dem deutschen Terror gelitten haben, so schnell verbünden konnten.

Irgendetwas riss mich aus meinen Gedanken. Ich hörte meinen Spieß noch sagen: „Im Auftrag des Kompaniechefs teile ich euch mit, dass es für jeden Sieg einen Tag Sonderurlaub gibt."

Das wollte ich mir nicht nehmen lassen. So verrückt das auch war, ich beschloss, mich von der Truppe abzusetzen, die Entfernung zu meinem Heimatort, mitten im Kohlenpott, war nicht ganz so weit, um einfach meine 3 Tage Sonderurlaub zu nehmen.

Von Goch bis nach Hause war es ein Klacks. Ob das irgendjemand in der Truppe bemerkte, darüber machte ich mir keine Gedanken.

Spät nachmittags traf ich zu Hause ein. Meine Eltern fielen aus allen Wolken. Vor ihnen stand ihr Sohn als Soldat „verkleidet", den sie seit Anfang Oktober nicht mehr gesehen haben.

„Was ist passiert?", hörte ich beide fragen, „haben sie dich entlassen, oder bist du getürmt?" Sie ließen mich erst einmal in die Wohnung, überfielen mich dann aber mit Fragen über Fragen. Ich erklärte ihnen natürlich in aller Ruhe, was in der Zwischenzeit alles geschehen war, und warum ich heute hier sei. Meine Mutter war überglücklich, selbst mein Vater verstand mich, das hat mich aber nicht gewundert.

Nur mein Bruder schüttelte den Kopf. Er verstand ja eigentlich noch gar nichts, er war erst 12 Jahre alt. Ich glaube, der hatte mehr Angst als Verstand. Es wurde ein richtig schöner Abend und ich durfte mich mal ausschlafen. Sehr früh man nächsten Morgen kam ein Postbote, und übergab meiner Mutter ein Telegramm.

Sie war verdutzt, so dass sie mich weckte und sagte: „Junge, die haben dich gesucht und fordern dich auf, sofort zurück in die Kaserne zu kommen, sonst verknacken sie dich wegen Fahnenflucht, willst du das?"

Ich war noch gar nicht richtig wach aber das Telegramm schockte mich. Im Augenblick wusste ich nicht wirklich was ich machen sollte, und musste erst einmal darüber nachdenken. Ich glaubte jedenfalls dass ich im Recht war. Der Spieß hatte uns doch noch kurz vor der Abreise zu den Meisterschaften versichert, dass für jeden Sieg ein Tag Sonderurlaub herausspringen würde.

Und ich habe mir doch die drei Tage Sonderurlaub redlich verdient für meine drei Siege, dachte ich und sprach mir selbst Mut zu. Im Laufe desselben Tages ging ich zur Post, und gab ein Telegramm nach Pinneberg auf.

Darin schrieb ich: „Herr Kompaniechef, weil uns unser Spieß vor den »Meisterschaften« versicherte, für jeden Sieg einen Tag Sonderurlaub zu bekommen, nahm ich an, diesen sofort antreten zu können.

Sofort in die Kaserne zurückzukommen ist leider nicht möglich, da ich nicht genug Geld habe. Der Wehrsold wird erst am 16. des Monats ausbezahlt. Wenn sie mir meinen Sold schicken ist das kein Problem.

Ich versuche, von meinen Eltern das Geld für die Rückfahrt nach Pinneberg zu bekommen, und werde nach Ablauf des Sonderurlaubs selbstverständlich in der Kaserne erscheinen.

Mit freundlichem Gruß, Flieger . . . usw."

Damit, so dachte ich, habe ich allem Ärger vorge-
beugt. Dafür standen am nächsten Morgen die
Feldjäger vor unserer Haustür und verhafteten
mich wegen unerlaubtem Entfernen von der
Truppe.

Ich musste ohne zu zögern in den Jeep steigen,
wollte mich rechtfertigen, und ab ging die Fahrt
nach Pinneberg.

Mir war das so scheißegal, wie die mich nach Pinneberg brachten, ich jedenfalls brauchte dafür
nichts bezahlen. Gegen Mittag kamen wir in der
Kaserne an und ich wurde sofort zum Kompaniechef gebracht.

Dort angekommen, fühlte ich mich wie in einem
Gerichtssaal. Vor der Tür hatten sich die Feldjäger
postiert, keine Ahnung warum. Hatten die etwa
Angst ich würde wieder abhauen?

Der Kompaniechef baute sich vor mir auf und befahl mir strammzustehen. „Was bilden sie sich eigentlich ein, ihre Mannschaft, ohne sich
abzumelden, zu verlassen?" herrschte er mich an,
deutlich und laut genug.

„Und dann wagen sie noch mir ein Telegramm zu
schicken, ich soll ihnen den Wehrsold überwei-
sen, sonst kommen sie nicht zurück! Was erlau-
ben sie sich eigentlich? Mich unter Druck zu

setzen! Ich kann sie auf der Stelle verhaften lassen und ihnen ein Strafverfahren aufhalsen. Wissen sie überhaupt, was sie gemacht haben? Das ist Nötigung! Was sagen sie jetzt?"

Ich wurde immer kleiner, verzog mein Gesicht so, als hätte ich Angst. Ich sah verstört um mich, und plötzlich liefen mir einfach die Tränen herunter, so dass ich anfing zu schluchzen und nicht wieder aufhörte.

Damit hatte er überhaupt nicht gerechnet. Aber anscheinend war mein Weinkrampf genau das, was mich in seinen Augen zum Bittsteller werden ließ.

Ich schaute total verängstigt durch den Raum und fing an zu stottern: „Aber, aber, Herr Oberstleutnant, so habe ich das doch nicht gesehen und auch nicht gewollt. Während meiner Grundausbildung habe ich nicht die Möglichkeit und nicht das Geld, meine Eltern zu besuchen. Da dachte ich, weil ich schon fast zu Hause war, könne ich sofort die drei Tage Sonderurlaub antreten, ich habe doch kein Geld für eine Heimfahrt.

Es tut mir sehr leid, dass ich mich falsch benommen habe. Ich habe das nicht gewusst, sonst wäre ich doch mit der Mannschaft zurückgekommen. Was mich da geritten hat, weiß ich auch nicht mehr. Ich bitte sie um Entschuldigung."

Anscheinend haben meine Beichte und meine Tränen ihn gerührt, dass er mir gegenüber nicht mehr so feindlich war.

„Ich will mal Gnade vor Recht ergehen lassen, und ihnen das mit der Nötigung nachsehen. Aber nur auf Grund ihrer außerordentlichen sportlichen Leistungen bei den »CISM«.

Damit haben sie dazu beigetragen, dass die Bundeswehr, und speziell unsere Kompanie, einen hervorragenden Eindruck hinterlassen hat. Versprechen sie mir, dass so etwas nicht noch einmal passiert."

Damit war seine Standpauke beendet und ich durfte gehen. Auf unserer Stube angekommen, wurde ich schon freudig erwartet. Alle beglückwünschten mich zu den Siegen und wollten genau wissen, was sich in Goch abgespielt hat.

Über meine Fahrt mit den Feldjägern wussten sie auch schon Bescheid. Es wurde ein lustiger und gemütlicher Abend in der Kantine. Von den Wettkämpfen und was wir sonst noch erlebt haben in Goch, musste ich berichten.

Als ich meinem Kumpel Hannes dann noch erzählte, dass unser Haufen den Engländern das Spanferkel geklaut hat, lachte der sich schlapp. Das fand er besonders toll. Er musste mir aber versprechen, nichts davon der Truppe zu erzählen. Er hat sein Versprechen gehalten, denn ich habe nie mehr etwas darüber gehört.

In den folgenden fünf Wochen wiederholten sich die Stunden und Tage, so dass es nichts zu berichten gab. Dazu gelernt habe ich auf jeden Fall nichts! Was hat auch die Grundausbildung eines Soldaten mit dem wahren Leben zu tun?

Einige Märsche musste ich mitmachen, wurde aber immer von den »Ausbildern« geschont. Anscheinend hatten sie Order bekommen, von wem auch immer, ich brauchte kein Sturmgepäck tragen, und in einen Graben springen musste ich auch nie wieder.

Schonen galt auch für den Sport, Laufen war für mich tabu. Dafür haben sie mich aber einige Male beim »Nichtgrüßen« erwischt, oder bei dem, was sie unter Grüßen verstanden. Wenn wir durch das Kasernengelände gingen und die Hände in den Hosentaschen hatten, dabei einem höheren Dienstgrad begegneten, und einfach ohne zu grüßen an diesem vorbeigingen, hörte ich:

„Flieger, können sie nicht grüßen?" Oder ein anderes Mal: „Flieger, nehmen sie die Hand aus der Tasche." Dann nahm ich die eine Hand aus der Tasche, ging weiter, ließ aber die andere Hand in der Tasche. Schon kam der nächste Anschiss:

„Flieger, ich habe gesagt sie sollen die Hand aus der Tasche nehmen. Können sie nicht hören?"
„Doch", erwiderte ich, grüßte, und ging weiter.

Zwei Mal bekam ich dafür eine Nacht *»Knast«* in der Arrestzelle. Das war wirklich nicht berauschend, ich musste die Schnürsenkel aus den Schuhen ziehen und abgeben, Koppel und Krawatte ebenfalls.

Einige Male musste ich für das Nichtgrüßen auch wieder Feuerwache schieben, weil sie mich mit Arrest nicht klein kriegen konnten. In der Adventszeit hatte ich wieder einmal, mit Gregor, dem Bekannten aus der Nachbarstadt, Feuerwache.

Der OVD rief über den Flur: „Feuerwache, raustreten, draußen brennt der Baum." Wir jedoch hatten uns richtig auf unseren Einsatz vorbereitet. Gregor kam aus seinem Zimmer und hatte eine Rolle Klopapier in der Hand. Er gab mir einen Wink und wir rannten nach draußen, die Klo-Rolle hinter uns abrollend, bis zum Baum.

Das Geschrei des *»OVD`s«* war ohrenbetäubend: „Ja, seid ihr denn von allen guten Geistern verlassen, was macht ihr da? Das ist eine Übung, was fällt euch Idioten ein? Wollt ihr mich verarschen? Das hat ein Nachspiel!"

Wir taten als wären wir geknickt, und stammelten:

„Aber, aber Herr OVD, der Baum brennt und wir haben Feuerwache, da müssen wir doch löschen." Wir hörten nur: „Stillgestanden! Schnauze halten!"

Er kam mit gezückter Waffe auf uns zu, rief die Haupt-Wache an, die uns sofort verhaftete, und in den Bau steckte.

Da war die Feuerwache ganz plötzlich zu Ende. Die Nacht verbrachten wir beide in der Zelle. Am nächsten Morgen kamen wir wieder frei und wurden von den Wachhabenden zu unserer Unterkunft gebracht.

Den kräftigen Anschiss vom Spieß steckten wir locker weg, gelobten aber uns zu bessern. Kurz vor Weihnachten, am 4. Adventssonntag hatten wir wieder mal Feuerwache. Und wieder hatten wir uns abgesprochen. Jeder hatte, heimlich auf seiner Stube, 4 Kerzen auf seinem Stahlhelm mit Wachs befestigt. Jetzt warteten wir auf das Kommando des OVD.

Als das Kommando dann endlich kam, zündeten wir in Windeseile unsere vier Kerzen an. Traten dann auf den Flur, dabei den vollen Wassereimer vor uns herschiebend, gaben ihm einen Tritt, so dass der Inhalt sich auf den Flur ergoss und meldeten gleichzeitig: „Feuerwache vollzählig angetreten."

Wir bekamen einen dicken Verweis und durften die Sauerei selbst wegwischen. Das war alles, ein Wunder war geschehen. Muss wohl mit dem bevorstehenden Weihnachtsfest zu tun haben, dachten wir.

Am nächsten Morgen im Lichthof, bekamen wir alle eine Liste, in die wir uns eintragen sollten. Zu unserer Überraschung wurden wir nach unseren Wünschen gefragt in welche Kompanie, oder Einheit wir nach der Grundausbildung versetzt werden wollten.

Ich dachte, was ist das denn wieder für ein Blödsinn, das haben die doch bestimmt schon festgelegt, wer wohin verlegt wird. Damit wollen sie uns zu Weihnachten nur eine Freude machen.

Natürlich füllten alle den Bogen aus. Ich gab dabei an in meine Nachbarstadt zu wollen, nach Datteln. Dort in Datteln, so hatte ich vorher von Gregor gehört, sei eine Versorgungskompanie. Ich glaubte allerdings nicht, dass das klappt.

Ich sollte Recht behalten. Sie schickten mich mit meinem Stubenkameraden Hannes nach Eggebek. Ein kleines, mir unbekanntes Dorf, kurz vor Flensburg. Hannes hatte gebeten, in die Nähe seines Heimatortes verlegt zu werden. Glück muss der Mensch haben, sagte ich. Warum sie mich auch dorthin verfrachteten: keine Ahnung!

Am 21. Dezember 1961 bekamen wir also den endgültigen Marschbefehl nach Eggebek in Schleswig-Holstein. Weil wir bei der Luftwaffe waren, war es eigentlich naheliegend, uns an einen Standort zu versetzen, der ganz in der Nähe eines Militär-Flughafens lag.

In Eggebek heißt die Kompanie: „Aufklärungsgeschwader 52, Uffz. Lehr- und Sicherungsstaffel".

Mit Bussen wurden wir morgens abgeholt und ab ging es, vollständig, soll heißen: mit Klamotten, Seesack, Uniform, Gewehr und allen Privatsachen in Richtung »Dänische Grenze«.

Einerseits waren wir richtig froh, endlich mit dieser „Scheiß"-Grundausbildung fertig zu sein, aber andererseits wussten wir ja nicht was uns dort erwartet.

Eins stand für uns fest, gelernt haben wir beide in der Grundausbildung nichts! So nach etwa 3 Stunden Fahrt kamen wir in Eggebek an, und waren überrascht. Eggebek war ein kleines Kuhkaff. Hier soll ein Flugplatz sein, und wo zum Teufel ist hier die Kaserne?

Einmal durch den Ort gefahren, und schon waren wir vor unserer neuen Kaserne angekommen. Oh Schreck dachten wir, das hier soll unser nächstes Zuhause sein, für die restlichen 9 Monate.

Hannes meinte: „Den Ort kenne ich, es sind nur 30 km bis Flensburg. Da kann ich wenigstens jedes Wochenende nach Hause fahren. Die Kaserne sah aus wie ein kleines Camp, überall Bretterbuden von Stacheldraht umzäunt. Sonst nichts. Das kann es doch nicht sein, war unser erster Gedanke.

Kurz darauf sahen wir die Wachhabenden und fuhren durch das Kasernentor, sahen Soldaten mit Gewehren patrouillieren, und wurden direkt vor der Kantine aus dem Bus geworfen. Da stand schon unser Empfangskomitee. Wir wurden namentlich aufgerufen, denn es muss ja alles seine Richtigkeit haben.

Diese Kaserne kam uns vor, als wäre sie irgendwo mitten in der Pampa. Eigentlich kein Wunder hier fast an der »Dänischen-Grenze«. Wir befanden uns ja immerhin außerhalb der »Drei-Meilen-Zone«.

Was konnten wir von der Bundeswehr anderes erwarten? Wir wurden von unseren neuen Ausbildern, nach irgendeinem Plan, auf die jeweiligen Baracken verteilt. Zum Glück kamen Hannes und ich wieder auf eine Stube.

Von dem Bundeswehr-Flughafen war hier weit und breit nichts zu sehen. Von den Kameraden die mit uns das Zimmer teilten, wurden wir freundlich begrüßt. In diesen Baracken, besser gesagt Unterkünften, kam ich mir vor, als wäre ich in den gleichen Baracken, in denen vor noch nicht einmal so langer Zeit Kriegsgefangene kurz nach Ende des 2. Weltkrieges kaserniert waren.

Wir hatten genügend Zeit uns dort häuslich einzurichten. Dabei fiel uns aber sofort auf, dass am laufenden Band Bundeswehr-Maschinen über unsere Baracken hinweg donnerten. Auf unsere Frage was das sei, wurden wir aufgeklärt:

„Das sind unsere Aufklärer, die den ganzen Tag ununterbrochen starten und landen.

An diesen Lärm werdet ihr euch schnell gewöhnen. Das ist hier ein Nato-Flugplatz. Die Unterkünfte des Flughafenpersonals müssen deshalb mindestens 8 km vom Flugplatz entfernt liegen. So sind die Nato-Richtlinien."

Wir waren ja an einiges schon gewöhnt bei der Bundeswehr. Darum fiel es uns nicht so schwer, auch mit dieser ungewöhnlichen Situation und den Baracken klar zu kommen. Von der Kantine waren wir völlig überrascht. Eine Baracke als Kantine hatten wir nicht erwartet, und dann auch noch voll von Soldaten! Hatten die alle nichts zu tun? Am nächsten Tag erfuhren wir, dass es auch bei der Bundeswehr so etwas wie einen Wechseldienst gibt.

Das kannte ich noch aus meiner vorherigen Berufstätigkeit, da musste ich auch einige Male Wechseldienst schieben.

Es waren noch zwei Tage bis Weihnachten. Heiligabend fiel in diesem Jahr auf einen Sonntag, heute war Freitag.

Ich war gespannt wie ein Flitzebogen, wie ist wohl Weihnachten beim Bund? Alle Neuankömmlinge bekamen den Befehl sich in der Kantine zu versammeln, dort wurden wir offiziell begrüßt. Dabei wurde uns erklärt, welch schwierige Aufgabe hier von allen zu leisten ist.

In der nächsten Zeit müssen wir Wache schieben. Wir sind ja hier schließlich in einer Sicherungsstaffel. Wache nicht nur hier in der Kaserne, sondern die meiste Zeit auf dem naheliegenden Flughafen.

Darum wurden wir in drei Schichten eingeteilt. Morgen, Samstag früh um sechs Uhr, soll unser Wachdienst beginnen. Der Rest des heutigen Tages gehöre noch zum Eingewöhnen, wurde großzügig gesagt.

Kurz vor 6 Uhr wurden wir durch den Spieß mit seiner lauten Trillerpfeife geweckt. Wache schieben heißt: volle Montur, Kampfanzug mit Gewehr, aber ohne Sturmgepäck. Treffen 6.15 Uhr vor der Kantine.

Wir bekamen alle ein Fresspaket, und stiegen danach in den Bus, der uns die wenigen Kilometer zum Flughafen brachte.

Der war total abgesichert durch Zaun und Stacheldraht. Die Wache am Eingang ließ uns auf das Gelände. „Wieso machen die Wachen hier keine Kontrolle?", habe ich mich gefragt.

Es war zwar ein Bundeswehrbus mit dem wir auf das Flughafengelände wollten, doch der konnte ja auch geklaut sein. Selbst wenn der Fahrer der Wache bekannt war, er konnte ja auch von einem Entführer oder Terroristen mit einer Waffe bedroht werden, um auf das Flughafengelände zu gelangen.

Das machte mich schon ein wenig stutzig. Im politischen Unterricht hatte man uns gewarnt. Die *»Ausbilder«* haben uns nichts Gutes von Geheimdiensten und von den Agenten der DDR erzählt, so dass jeder bei einer Überprüfung sofort auffallen wird.

Direkt dahinter waren die Wachstuben. Haben feindliche Agenten erst einmal die Wachen getäuscht und sind auf das Gelände vorgedrungen, hätten sie ohne Schwierigkeiten den gesamten Flughafen lahmlegen können. Nichts passierte, wir wurden nicht überprüft. Waren ja auch nur Soldaten!

In den Wachstuben wurden wir in Zweiergruppen eingeteilt und auf die Wache eingeschworen. Damit wir nicht wie blind auf dem Gelände herumlaufen, bekam jeder neue Soldat einen Kameraden an seine Seite, der sich auf dem Gelände auskannte. Erst dann wurden wir zur Wache losgeschickt.

Heute hatten wir den gesamten südlichen Teil des Flughafens zu bewachen. Um dort hinzukommen, mussten wir ungefähr einen km laufen. Neben der Start- und Landebahn gab es auch einen asphaltierten Zubringer, Taxi-Weg genannt, auf dem die Maschinen zu den Startpositionen rollten. Diesen mussten wir gehen um zu den südlichen Hangars zu kommen, die wir bewachen sollten.

Gefährlich wurde es für uns, wenn die Maschinen auf dem Taxi-Weg zu ihren Startpositionen rollten. Wir mussten höllisch aufpassen und rennen, um nicht in den heißen Ausstoß der Triebwerke zu gelangen. Auch wenn sie nicht mit vollem Schub fuhren, war die Hitze schlimm genug. Da mein Kumpel das kannte, machte er mich darauf aufmerksam.

Am südlichen Teil des Flughafens angekommen, sah ich mehrere Hangars, in denen die Maschinen untergebracht waren. Wir hatten darauf zu achten, dass niemand sich an den Hangars oder Flugzeugen zu schaffen machte.

Über uns donnerten die Aufklärer wie Fiat G 91, Kampfjets F 104 G Starfighter und die Übungsjets T 33 2-sitzer unaufhörlich über den Flugplatz. Der Lärm war ohrenbetäubend.

Alle Soldaten auf dem Flugfeld, die in der Nähe der Maschinen arbeiteten, hatten zu ihrem Schutz Kopfhörer auf den Ohren. Auf uns Wachpersonal wurde da keine Rücksicht genommen. Wir können ja ruhig taub werden dachte ich, und das machte mich richtig wütend.

4 Stunden, eine kurze Pause, und nochmals 4 Stunden dauerte die Schicht. Danach wurden wir wieder mit dem Bus in die Kaserne gekarrt, und hatten dann bis zum nächsten Tag frei.

Hannes hatte mich eingeladen, Weihnachten mit ihm nach Flensburg zu fahren, um den Heiligen Abend bei seiner Familie zu verbringen. Nach Hause fahren war mir nicht möglich, fast 500 km entfernt, und Geld hatte ich auch keins um die Zugfahrkarte zu kaufen. Ich nahm die Einladung an und wir fuhren Heiligabend, nach dem Wach-dienst, mit dem Zug nach Flensburg zu seinen El-tern.

Er wohnte am nördlichen Rand von Flensburg, ganz in der Nähe der »Dänischen-Grenze«. Das erste Mal war ich Weihnachten nicht daheim. Es war mir etwas peinlich, doch seine Eltern haben mich so freundlich aufgenommen, dass ich meine Scheu ablegte und mich wohl fühlte.

Abends mussten wir wieder in der Kaserne sein. Doch am 1. Weihnachtstag, nach dem Wachdienst, fuhren wir nochmal nach Flensburg. Es waren Verwandte von Hannes dort, die uns zu einer Silvesterfeier nach Apenrade in Dänemark einluden. Wir durften nicht in Uniform nach Dänemark einreisen, nur in Privatklamotten.

Weil wir am Neujahrstag keinen Wachdienst hatten, konnten wir den Jahreswechsel in Apenrade, auf dänischem Boden genießen. Das war eine Feier, die ich so schnell nicht vergessen werde. Silvester wurde da richtig nach dänischem Brauch gefeiert.

Das erste Mal im Leben habe ich gesüßte, knusprige kleine Kartoffeln gegessen, dazu Koteletts mit süßer Knusperkruste. Zum Bier tranken die Dänen immer und zu jeder Zeit einen Genever. Das ich den Jahreswechsel gut überstanden habe, hatte ich wohl nur meiner guten Verfassung zu verdanken.

Geknallt und Sylvester-Raketen abgefeuert zur Jahreswende um 0 Uhr, haben Freunde und Verwandte von Hannes mehr als genug. Ich habe diese Silvesterfeier fernab von zu Hause in vollen Zügen genossen.

Es war wie eine Befreiung für mich, nach 3 Monaten Barras, und dann noch in einem fremden Land!!! Neujahr sind wir dann wieder Richtung Flensburg gefahren.

Die Zollkontrollen im Linien-Bus waren nicht mehr so schlimm, wie bei der Einreise. Da wurden wir genau gefilzt. Hannes erzählte mir anschließend warum die Zöllner so scharf waren. Nach Dänemark durfte man unverzollt keinen Alkohol einführen, der war dort sehr viel teurer als in Deutschland.

Wir hatten am Neujahrstag reichlich Zeit, uns von dem Wochenende zu erholen, allerdings nur bis 22 Uhr, denn dann begann unser Nachtdienst auf dem Flughafen.

Es war laut Wetteraufzeichnung, einer der kältesten Winter. Wir mussten uns in den Nächten immer besonders dick anziehen, um dem Wind, und Schneesturm zu trotzen. Auf freiem Feld, wie auf einem Flughafen, war es sowieso kälter als auf dem Kasernengelände.

Dicke Socken in den Kampfstiefeln, lange oliv-farbige Unterhose und unseren Trainingsanzug, darüber Kampfanzug und Winterjacke. Um den Kopf, direkt unter dem Stahlhelm, haben wir uns noch ein Handtuch gebunden, sonst hätte der eiskalte Wind unser Gesicht zerschnitten.

Dass wir so dick eingemummt überhaupt noch laufen konnten, war schon ein Wunder. Bis wir die schützenden Hangars, mal im Süden, und mal im Norden des Flughafens erreichten, war immer eine geraume Zeit vergangen. Es war gar nicht so einfach durch den tiefen Schnee zu waten.

Wer sollte bei diesen Temperaturen Interesse daran haben, eine Maschine zu klauen? Die Agenten der DDR oder der UDSSR bestimmt nicht, die waren froh, dass sie nicht in die Kälte mussten. Privatleute interessierte es sicher nicht, dass hier Starfighter herumstanden.

In der Vergangenheit wurde häufig in den Medien über Abstürze von Militär-Maschinen berichtet. Viele machten sich große Sorgen über die Abstürze der Starfighter. Es ging das Gerücht, die Amerikaner hätten der Bundeswehr wissentlich Maschinen dieses Typs verkauft, obwohl sie scheinbar fehlerhaft waren.

Es war sicherlich für die Amis ein lohnendes Geschäft. Wenn nämlich, so unterhielt man sich hinter vorgehaltener Hand, die Bundeswehr Ersatzteile für diese Starfighter benötigte, mussten die Ersatzteile erst aus den USA eingeflogen werden.

Das dauerte dann Tage. Schmierte allerdings ein Starfighter ab, bekam die Bundeswehr aus den

USA schnellstens Ersatz, da die vorgeschriebene Truppenstärke der Nato strikt eingehalten werden musste

Wenn wir nach 4 Stunden Dienst zur Wache zurückkamen, brauchten wir meistens eine halbe Stunde, um uns einigermaßen aufzuwärmen, bevor wir wieder zum Rest der Schicht aufbrechen mussten. Von den 8 Stunden Wachdienst waren wir mindestens 2 Stunden unterwegs, um die Fahrzeughangars im Süden oder Norden des Flughafens zu erreichen.

Manchmal mussten wir sogar die Kameraden bei der Wachablösung in den Hangars suchen, sie hatten irgendwo Schutz vor der Kälte gefunden. Einmal hatte ich das Glück mit Hannes als Wache auf Streife zu gehen.

Es schneite den ganzen lieben langen Tag ununterbrochen. Wir hatten von dem Schnee die Schnauze so voll, dass wir uns auch entschlossen, verbotener Weise in einen Hangar zu gehen, um uns aufzuwärmen. Die eisige Kälte hatte uns geschafft.

Es war wieder mal Nachtschicht, und wegen der Dunkelheit glaubten wir, uns würde draußen bei den Maschinen niemand sehen. Ein Hangar war in diesem Moment das Beste für uns, denn drinnen konnte uns die Kälte nicht so erwischen.

Einige Fiat G 91, Starfighter und T 33 Zweisitzer standen dort herum. Wir wollten uns eigentlich in eine der abgestellten Maschinen setzen. Da wir aber in die Starfighter und Aufklärer nicht hineinkonnten, weil sie verschlossen waren, blieb uns nichts anderes übrig, als uns in eine kleine Maschine zu setzen, die hinten in einer Ecke stand, in der wir genug Platz hatten und in die wir ohne Probleme einsteigen konnten.

Es war eine normale DO. Eine zweisitzige Propellermaschine aus dem zweiten Weltkrieg, die den Piloten für Lehrzwecke zur Verfügung stand. Bei der Kälte einfach etwas ausruhen und die Zeit totschlagen, war unser Gedanke.

Weil wir wegen der eisigen Kälte wohl nicht mehr klar denken konnten, bedachten wir nicht, dass der Wachhabende Offizier vielleicht eine Kontrollfahrt mit dem Jeep machen könnte. Falsch gedacht!

Heute waren unsere Fußspuren, im noch anhaltenden Schneefall, sehr schnell nicht mehr zu sehen. Sie waren einfach zugeschneit. Doch irgendwo mussten wir doch zu finden sein. Er konnte uns auch an den Hangars nicht finden. Das Geräusch des näherkommenden Jeeps verschluckte der Schnee. Wir hörten nur ein leises Geräusch, als er den Hangar öffnete, und uns in der DO erwischte.

Von ihm wurden wir so zusammengefaltet, dass wir glaubten, der bringt uns um.

Auf seine Frage: „Was bildet ihr *»Vollidioten«* euch ein, hier ein Nickerchen zu machen? Draußen können die Maschinen geklaut werden. So viel Geld könnt ihr im Leben gar nicht verdienen, um den Schaden zu bezahlen", antworte ich etwas vorlaut: „Gott sei Dank, dass sie uns geweckt haben Herr Leutnant, wir hätten sonst noch unsere Ablösung verschlafen."

Das hätte ich besser nicht gesagt. Am nächsten Tag wurden wir beide zu unserem Staffelchef beordert. Was wir uns jetzt anhören mussten, kann ich gar nicht wiedergeben.

Zur Strafe wurde uns beiden der Freigang an den nächsten beiden Wochenenden total gestrichen. Was sollten wir dagegen machen? Einerseits war es uns scheißegal, und andererseits konnten wir bei der Kälte in diesem Winter, eh` nichts unternehmen.

Eine große Katastrophe ließ uns die Bestrafung vergessen. Durch die Kälte, und den Wintersturm, war an der Nordseeküste um Hamburg herum eine Sturmflutwarnung.

Am 16. und 17. Februar 1962 wurde fast ganz Hamburg von der Sturmflut überrascht. Tausende

Helfer wurden benötigt. Ein Teil der Kompanie bekam den Marschbefehl, sofort Richtung Hamburg auszurücken.

Wir wurden mit Kampfanzug, also voller Montur, aber ohne Knarre, auf LKW`s verfrachtet, und ab ging es an die Küste, etwas oberhalb von Hamburg. Unsere Aufgabe bestand darin Sandsäcke zu füllen. Bundeswehrfahrzeuge brachten diese dann an bestimmte, zu schützende Orte.

Eine ganze Woche kamen wir nicht aus unseren Klamotten. Wir hatten keine Möglichkeit, uns irgendwo richtig zu waschen. Unsere Sachen, und vor allen Dingen unsere Socken, stanken gen Himmel.

Endlich ging es dann wieder Richtung Eggebek. In den Nachrichten verfolgten wir, wie der Stand in Hamburg war. Es war eine der größten Flutkatastrophen, die es je in Deutschland gegeben hat.

Zum Dank für die Hilfe bekamen alle, die als Helfer dabei waren, zwei Tage frei. Als unser Wachdienst wieder begann erhielt ich die Nachricht, dass ich wegen der freien Tage, vom Wacheschieben befreit war.

In der Mitte des Flughafengeländes stand eine Baracke, die nur für die Piloten dort war. Hierher kamen sie um sich ihre Instruktionen zu holen. Sie war in der Nähe des Towers. Diese Baracke war für die nächste Zeit mein Arbeitsbereich.

In den Flugzeugen, auch in der Fiat G 91, waren unter dem Rumpf Kameras installiert. Daher musste ich den Piloten nach jedem Einsatz neue Filmrollen herausgeben, die in Schutz-Behältern gelagert waren.

Sie brachten die belichteten Filme zu mir in die Baracke und bekamen von mir neue. Auch die Karten und neue Instruktionen wurden dort herausgegeben.

Ich fand diese Aufgabe bei weitem besser, als immer noch Wache zu schieben. Hab mich dort oft mit den Piloten unterhalten.

Es stellte sich heraus, dass einige von ihnen Wettkampfschwimmer waren. Während des Dienstes beim Bund war allerdings selten Zeit zum Training. Wenn sie die Zeit zum Training dann aber mal hatten, fuhren sie nach Leck, ins dortige Hallenbad.

Leck war in der Nähe der Nordseeküste, nicht weit von der Dänischen-Grenze entfernt. Weit genug aber von Flensburg an der Ostsee und auch von Eggebek. Von den Piloten hörte ich, dass es am Standort Leck eine gute Schwimm-Mannschaft gäbe. Einige stammen sogar aus dem Ruhrpott.

Als ich von meinen Eskapaden in Goch bei den »CISM« erzählte, grinsten sie und boten mir an, mich beim nächsten Mal mitzunehmen ins Hallenbad nach Leck.

In Goch hatte ich wohl Eindruck hinterlassen, denn aus ihren Gesprächen war rauszuhören, dass sie von den 3 Siegen, den geschwommenen Zeiten und dem Wasserballspiel wussten.

Übers Mitnehmen habe ich mich gefreut, weil die Piloten mit dem eigenen Wagen dorthin fuhren. So konnte ich mir die Busfahrt für den Rückweg sparen.

Nachdem ich einige Male dort mittrainierte, war ich auf einmal der noch wohl fehlende Mann für ihre Schwimmmannschaft. Einer dieser Schwimmer kam mir bekannt vor. Ich wusste aber nicht wo ich den hinstecken sollte.

Er hatte wohl die gleichen Gedanken. Nach einigen geschwommenen Bahnen sprach er mich an und brachte Werner Schröter vom SV Gladbeck 13, seinen Schwimmkameraden, ins Gespräch. Dessen Hauptstrecke war Schmetterling.

Und dann dachte ich, jetzt verarscht er mich, als er erzählte, dass er unter dem Weltrekordler und Olympiateilnehmer von 1936 in Berlin, Artur Heina trainiere.

„Du willst mir doch nicht weiß machen, du trainierst mit Artur Heina?", „der ist doch Brustschwimmer und hat von Schmetterling keine Ahnung!", gab ich ihm zu verstehen.

„Woher willst du das denn wissen?", meinte er forsch, und sah mich frech an. „Ha ha, ich habe schon vor einigen Jahren mit Artur trainiert, einige Wettkämpfe geschwommen, und auch Wasserball gespielt." „Ich weiß, dass er nach Gelsenkirchen als Trainer gegangen ist, aber nicht nach Gladbeck." „Doch, sagte er dann, er ist als Trainer bei Gladbeck 13."

Er grinste als er fragte: „Bist du etwa von Blau-Weiß-Recklinghausen? Ich weiß, dass er vorher in Recklinghausen als Trainer tätig war."

Als ich nickte, war der Bann gebrochen. Von ihm erfuhr ich auch, dass manchmal ein Nachwuchs-Lehrgang für Bundeswehrsoldaten in Faßberg stattfindet. Er war schon einige Male dort, und wenn ich wolle, würde er mich für einen Lehrgang vorschlagen.

Feldwebel Helge Borss war im Bundeswehr-Standort Leck stationiert. Ursprünglich kam er aus Gelsenkirchen. In den nächsten Tagen konnte ich mit den Piloten nach Leck zum Training fahren, manchmal hatten sie sogar einen Fahrer von den Sanis, der sie hin und her kutschierte.

Während der Fahrt machten sie ihre Späße mit dem Fahrer. Eine Zeit hörte ich mir das an, konnte aber nicht glauben was da so abging.

Ich wunderte mich wirklich über die „Frozzeleien" unter den Piloten. Es kam aber noch doller. Der Fahrer war zufällig aus unserer Wachkompanie. Als ich von anderen Soldaten hörte, wer dieser Fahrer war, staunte ich nicht schlecht.

Er war der Sohn einer deutschen Filmlegende. Sein Vater Dieter Borsche war zu der Zeit in den Kinos bekannt wie ein bunter Hund. Ein toller Kerl, nicht eingebildet und immer zu Späßen aufgelegt.

Eines Abends passten sie mich in der Kantine ab und gaben mir einen Marschbefehl. Ich sah sie an und dachte, jetzt bin ich dran, nun treiben sie mit mir ihre Späße.

Aber falsch gedacht, der Marschbefehl brachte mich zu einem Schwimmlehrgang nach Faßberg, in die Lüneburger Heide. Vom 15. bis 18. März 1962 war dort Training und ein Wettkampf.

Mitten in der Lüneburger Heide lag Faßberg. Es waren Hubschrauber-Einheiten dort stationiert. Das Tollste war das Hallenbad in Faßberg, mitten auf dem Kasernengelände. Ich kam mir vor wie Graf Koks, der normale „Schütze Arsch" inmitten der besten Piloten.

Das haben sie mich nie merken lassen. Ich wurde von jedem akzeptiert. Was mir weiter gefiel, waren die Vergünstigungen.

Das Essen war wie im besten Hotel. Obst und alles im Überfluss. Wir lebten wie die Made im Speck. Das gab es in unserer Kantine nicht, davon konnten wir nur träumen.

Auf diesem Lehrgang erfuhren wir, dass wir für die nächsten »Norddeutschen-Wettkämpfe« gemeldet werden sollten. Wann diese allerdings stattfinden, wusste noch niemand.

Ich bin auch dazu eingeladen worden, weil ich bei den »CISM-Meisterschaften« so hervorragende Plätze belegt habe.

Es waren für mich die schönsten Tage dort in Faßberg, nur leider viel zu schnell vorbei. Dort habe ich die ganzen Strapazen und Anfeindungen der letzten Monate vergessen. So hätte ich mir die Truppe gewünscht, aber nicht diese ewig unnütze Anschnauzerei, wie bisher.

Sonntags wurden wir wieder abgeholt und spät abends in Eggebek abgeliefert. Zeit über die schönen Tage nachzudenken hatte ich nicht, denn am 23. März vor dem Frühstück, bekam ich einen neuen Marschbefehl. Eine Stunde hatte ich Zeit meine Sachen zusammenzupacken.

Mit mir wurden noch andere aus unserer Truppe, nach Tarp verlegt. In der letzten Zeit hatte ich auf dem Flugplatz einige Kameraden gesprochen, die in Tarp stationiert waren. Tarp war genau so weit vom Flugplatz entfernt wie Eggebek.

In Tarp gab es keine Baracken mehr. Dieses beschauliche Tarp war eine offene Kaserne, ohne Zaun und Mauer. Es waren Neubauten, zweistöckig. Kaum zu glauben, dort kamen nur 4 Soldaten auf eine Stube.

Zweimal ein Uffz. und ein Obergefreiter. Ich als normaler Flieger dazwischen. Da ich jetzt nicht mehr zur Wachstaffel gehörte, fühlte ich mich in der neuen Umgebung sehr wohl in meiner Haut. Meine Aufgabe aber war dieselbe wie vor der Versetzung nach Tarp.

Jeden Morgen fuhren wir mit dem Bus zum Flughafen. Ich machte meinen Job mit den Piloten bzw. den Karten und abends gings wieder zurück nach Tarp. In meiner neuen Kaserne machte es mir richtig Spaß. Mit der „Scheiß"-Bundeswehr hatte ich mich mittlerweile abgefunden, ich konnte ja nichts daran ändern.

Mit meinem Kumpel Hannes, aus der Grundausbildung, hatte ich immer noch Kontakt. Er war es auch, der mir ein altes Fahrrad besorgte, mit dem wir gemeinsam in unserer Freizeit die Umgebung bis an die Ostsee, z.B. Schleswig, Eckernförde, Kappeln oder Flensburg unsicher machten.

Einmal sind wir sogar bis nach Glücksburg geradelt. Das wollten wir uns unbedingt ansehen, denn in Glücksburg war die Marine stationiert. Glücksburg in der Flensburger Förde.

Um uns den Marinestützpunkt in Glücksburg anzusehen, mussten wir uns sogar als Soldaten der Bundeswehr, einer Leibesvisitation unterziehen. Als normaler Bürger hattest du keine Chance dorthin zu gelangen.

Ich erinnere mich an eine Erzählung meines Vaters, die von Glücksburg handelte als er dort im Trockendock mit einem Minen-Such-Boot der Wehrmacht (im 2.Weltkrieg) lag. Allein deswegen wollte ich Glücksburg unbedingt sehen.

Manchmal haben wir sogar, von Flensburg aus, eine Butterfahrt unternommen in Richtung Dänemark. Zweck dieser Butterfahrten war zollfreie Ware an Bord zu kaufen, wenn man außerhalb der Drei-Meilen-Zone war. Das reizte viele um z. B. billig Alkohol oder Zigaretten zu kaufen. Aber ich rauchte Gott sei Dank nicht.

Einige Zeit später kam ein neuer Marschbefehl, der ausgerechnet in die Zeit meines Geburtstags fiel.

Diesen Geburtstag wollte ich richtig feiern, denn ich wurde volljährig. Aber hier oben in Norddeutschland, außerhalb der *»Drei-Meilen-Zone«*, war das nicht möglich, ich wurde auf einen Lehrgang nach Erding in Bayern vom 9. - 19. Mai 1962 geschickt. Aus war der Traum von einer Geburtstagsfete!

Nach Erding musste ich mit der Bundesbahn fahren. Erding liegt ca. 20 km östlich von München, dort war die Bundeswehr und auch Amerikaner stationiert.

Eine total andere Welt! In Bayern auf einem amerikanischen Stützpunkt!! Das erste Mal kam ich mit amerikanischen Soldaten in Berührung. Die Air-Force war hier mit F86 Starfightern stationiert. Ich war hier um an einem Luft-Bild-Auswerte-Lehrgang teilzunehmen.

6 bis 8 Stunden Unterricht täglich, danach hatten wir frei und durften uns in der Kaserne frei bewegen. Wir durften auch das amerikanische Kino besuchen. Überrascht war ich von der Einrichtung des Kinos. Es waren aber nur amerikanische Filme zu sehen.

Da ich vor meiner Bundeswehrzeit mit Freund Wolfgang einen 2-monatigen Englisch-Kurs besuchte, habe ich die Filme im Original einigermaßen verstanden.

Keine harten Holz-Stühle, nein das waren richtige Clubsessel. Das hatte ich nicht erwartet, ganze Familien saßen da, die Kinder spielten in den Gängen. Ein Kellner kam vorbei und bediente die Amis. Es gab sogar eine Getränke- und Speisekarte. Für mich tat sich wirklich eine andere Welt auf.

Alle Lehrgangsteilnehmer gingen in die amerikanische Kantine zum Essen. Auch das war etwas Besonderes. Hier bekamen wir das Essen auf einem Tablett, das in verschieden große Fächer aufgeteilt war, daher viel appetitlicher aussah, und nicht wie bei der Bundeswehr alles auf einen Teller geklatscht.

Nein, hier sah alles toll aus. Da machte das Essen erst richtig Spaß. Es gab auch einen Speisesaal für uns »Bundis«, aber da waren wir nur einmal. Gott sei Dank konnten wir wählen wo wir essen wollten.

Im Bundeswehr-Speisesaal gab es Leberkäse mit Matschkartoffeln und Soße. Einige Soldaten, die an dem Lehrgang teilnahmen, kamen aus Norddeutschland, oder wie ich aus dem Ruhrpott. In den Augen der Bayern sind alle, die nördlich des Mains leben, Preußen.

Als es den Leberkäse gab, legte fast jeder von uns ihn in die Mitte des Tisches, auf ein Tablett. Keiner von uns wollte Leberkäse essen. Der Stapel wurde immer höher, er fiel fast um. An den anderen Tischen stürzten sich die Soldaten aus Süddeutschland, förmlich darauf.

Was die sich alles noch so auf den Leberkäse schmierten, war nichts für meine Augen und meinen Magen. Maggi, Senf, Marmelade, Ketchup sogar Honig, alles war dabei. Da soll sich mein Magen nicht umdrehen. Deshalb war ich heilfroh bei den Amis essen zu können.

Ich bin auf diesen Lehrgang geschickt worden, zu lernen Luftbilder auszuwerten. Um ehrlich zu sein, zu dieser Zeit interessierte mich das alles nicht.

Zum ersten Mal musste ich lernen, mit einem Rechenschieber umzugehen. Den kannte ich von meinem Vater, er benutzte diesen während er für seine Meisterprüfung lernte, doch was sollte ich damit? Ich kann auch so rechnen.

Auf diesem Lehrgang lernten wir Formeln mit denen man die Geschwindigkeit eines vorbeifliegenden Starfighters berechnet usw. und wie man den genauen Standpunkt nach einem Koordinatensystem errechnet. Für mich total unnützes Zeug. Ich machte das mit, aber wofür sollte ich das lernen? Für Piloten usw. konnte ich mir vorstellen war es wichtig. Aber für einen Soldaten wie mich doch nicht.

Wenn die Wehrpflicht beendet ist, arbeite ich in meinem Beruf weiter, das interessierte mich, aber nicht so ein Quatsch. Das behielt ich aber schön für mich. Dafür war das endlich mal schön, ich konnte sogar in meiner Freizeit mit `ner Bimmelbahn nach München fahren.

Ich hatte auch in den Tagen reichlich Zeit mir die Stadt anzusehen. Ich bin ins »Deutsche Museum« gegangen, ins »Hofbräuhaus« und habe die Stadt nach meinen Vorstellungen erkundet.

In Erding selbst war nichts los. Erding war ein kleines Dörfchen, da wurden abends die Bordsteine hochgeklappt. Diese zwei Wochen waren mit die Schönsten und Interessantesten überhaupt bei dem Verein.

Als ich nach Lehrgangsende wieder in Tarp war, wurde ich von meinen Kameraden auf einmal mit ganz anderen Augen angesehen. Die Teilnahme am Lehrgang sahen sie wohl als etwas Besonderes an. Ich sollte ihnen von Erding erzählen, und sie sahen mich dabei sogar etwas bewundernd an. Selbst die Piloten sprachen in einem anderen Ton mit mir.

Was so ein Lehrgang nicht alles bewirken kann! Der normale Alltag hatte mich jetzt wieder. Auch in Tarp mussten wir noch 1x wöchentlich am politischen Unterricht teilnehmen.

Im Juni 1962 wurde die gesamte Staffel zusammengerufen um eine Militär-Übung an der Ostsee abzuhalten. Mit mehreren LKW`s ging`s in Richtung Kiel. In der Nähe gab es einen Übungsplatz nur für Schießübungen. Geschlafen haben wir in großen Mannschaftszelten nah am Ostsee-Strand.

Auf dem Übungs-Gelände wurden wir mit dem MG ausgestattet und sollten auf Pappkameraden schießen. Einzel-Schuss und Dauer-Schuss. Dabei flogen die Patronen nur so aus dem MG.

Das Witzige an diesen Übungen war, dass wir keine normale Munition bekamen wegen der Dunkelheit, sondern Leuchtspur-Munition. Dadurch war die Flugbahn der Munition einwandfrei zu verfolgen. Die Übung dauerte mehrere Tage, dann ging es zurück nach Tarp.

Tage danach hatte unser Staffelchef eine Super-Idee. Er machte mit uns Wehrpflichtigen einen Intelligenztest. Folgende Fragen wurden uns gestellt, die wir beantworten sollten: z. B.

Sie haben Wache am Haupt-Tor und es kommt ein Unteroffizier in Uniform der passieren will. Sie sehen, dass er Ringelsocken trägt, was werden sie tun? Und noch mehr so „superintelligente" Fragen. Meine Antwort auf diese blöde Frage war: „Ich lache!"

Nachdem endlich der tolle »*Intelligenztest*« beendet war hörten wir, dass 100 Punkte erreicht werden konnten, wenn alle Fragen richtig beantwortet seien.

Einige waren unter dem Minimum, und mussten am nächsten Tag wiederholen. Ich war mit ganzen 36 Punkten dabei. Am nächsten Morgen waren es noch 12 Soldaten die den Test wiederholten.

Aber ich schaffte es mit noch weniger Punkten, nämlich nur noch 12 (zwölf), aus dem Test zu gehen. Es fiel mir nicht schwer immer blödere Antworten zu geben!

Was ich allerdings nicht ahnen konnte, mit diesen 12 Punkten war ich nicht allein. Noch ein Soldat war genauso »*schlau*«, oder auch nicht. Deshalb mussten wir beide einen letzten Test absolvieren, der allerdings haute den Staffelchef völlig aus den Socken.

Nach dem Test rief mich der Staffelchef zu sich, sah mich mitleidig an und sagte voller Überzeugung: „Dass es noch Menschen gibt mit einem so niedrigen Wissen, ist mir noch nicht untergekommen!"

So blöd kann dieser Staffelchef doch nicht sein, dass er mir diesen „Test-Rekord" abnahm. Er war doch Offizier. Ich ließ mir nichts anmerken, auf meinem Gesicht konnte er keine Regung erkennen. Dann wurde ich entlassen und habe mich draußen ausgeschüttet vor Lachen!

Ich wollte nur noch weg aus dem hohen Norden denn ich kam hier nicht zurecht. Die Zeit in Erding, bei den Amis, ging mir nicht aus dem Kopf. Vielleicht war das auch der Grund, mich von Norddeutschland zu verabschieden? Da hatte ich nämlich Soldaten getroffen, die aus Porz-Wahn kamen. Von denen hörte ich, dass es dort eine Stabsbildabteilung gäbe.

Porz-Wahn, lag nur einige wenige Kilometer südlich von Köln und ca. 120 km von meinem Heimatort entfernt. Mein Onkel wohnt dort in Köln, und von Köln habe ich vielleicht eher einmal die Möglichkeit, nach Hause zu fahren.

Mein Entschluss stand fest, da will ich hin! Nur wie? Dann kam mir die rettende Idee. Ich habe vorher schon über die Bundeswehr gelesen oder gehört, dass man mir meinen späteren, beruflichen Werdegang nicht verbauen darf. Sie dürfen mir keine Lehrgänge etc. verweigern, die mir später im Beruf nützlich sein konnten.

So, oder so ähnlich. Darauf wollte ich aufbauen. Einige Tage später stellte ich einen Versetzungsantrag nach Porz-Wahn, zur Stabsbildabteilung der Bundeswehr.

Folgenden Grund gab ich an: „Mein letzter Arbeitgeber hat mich zu einem Lehrgang für die Meisterprüfung zum Buchdrucker in Köln angemeldet. Dieser beginnt in Kürze in Köln. Darum bitte ich um sofortige Versetzung zur Stabsbildabteilung nach Porz-Wahn."

Nachdem ich den Versetzungsantrag gestellt hatte, dauerte es wenige Tage, und ich bekam meinen Marschbefehl direkt vom Staffelchef in die Hand gedrückt.

In seinem Gesicht war Wut, vielleicht auch Ärger zu erkennen, denn jetzt war ihm wohl klar, dass ich alle mit meinem Test verarscht habe.

Dass man mir so auf den Leim gegangen ist, hat mich riesig gefreut. Aber auf diese Weise kam ich aus dem trostlosen Norden weg. Mein Kumpel Hannes war ein wenig traurig, doch dann beglückwünschte er mich, dass ich es geschafft habe, meinen Willen durchzusetzen. Als *»W 12`er«* war unsere Zeit sowieso bald vorbei, da war es ihm vielleicht auch egal.

In Porz-Wahn angekommen, schauten meine neuen Vorgesetzten mich erst ungläubig an, als ich ihnen den wahren Grund meiner Versetzung erklärte. Dann aber beglückwünschten sie mich, dass mein Arbeitgeber das für mich organisiert hatte.

Ich wurde in eine Abteilung beordert, die sich ausschließlich mit der Analyse von Luftbildern befasste. Sie hatten in meinen Papieren gesehen, dass ich diesen Luftbildauswertelehrgang in Erding erfolgreich abgeschlossen habe.

Anscheinend wussten sie auch darüber Bescheid, dass ich mich auf dem Flugplatz in Tarp mit den Piloten gut verstand und wir gemeinsam trainierten. Aus diesem Grund kam ich wohl direkt in ihre Schwimmabteilung, ohne Wenn und Aber.

Vielleicht habe ich wegen der Schwimmerei diesen Posten bekommen. Hier in Porz wurde ich über alle eingehenden Luftaufnahmen unterrichtet. Über die total andere Tonart (nämlich freundlich) konnte ich nur froh sein.

Trotz meines niedrigen Dienstgrades, die anderen waren Feldwebel oder Unteroffiziere, akzeptierten mich die neuen Kameraden. Dort kam ich, wie in Tarp auf ein Vierbettzimmer.

Vielleicht wollten sie mich auch nur testen, ich weiß es nicht. Ich bekam ein Büro, direkt neben dem Oberleutnant. Dieses Zimmer war ein sogenanntes „Laufzimmer", ein Durchgang für die Piloten. Ein ewiges rein und raus.

Einige Tage saß ich dort am Schreibtisch und hatte nichts anderes zu tun, als mit einer Schablone Namen zu schreiben, die in vorgefertigte Schilder passten.

Ich bin bei dieser eintönigen Tätigkeit oft eingeschlafen, hatte mich aber so trainiert, dass, wenn jemand das Zimmer betrat, ich sofort meine Schablone anhob und so tat, als mache ich gerade eine Pause.

Auch dann, wenn Piloten das Zimmer betraten, und ich ihnen, wie in Tarp, neue Karten herausgeben musste, merkten sie nicht, dass ich vorher geschlafen hatte.

Dafür hat man mich zur Bundeswehr eingezogen, dass ich hier in der Stabsbildabteilung Namenschilder schreibe und sogar während meines Dienstes schlafen kann! Welcher Schlaumeier hat sich denn so einen Schwachsinn einfallen lassen? Dabei dachte ich nur, die Zeit kriege ich schon noch um. Ich habe ja nur noch wenige Wochen, dann ist die Zeit endgültig vorbei.

Das dachte ich aber auch nur, wie ich später erfahren sollte. Die ersten Wochen vergingen verhältnismäßig schnell. Das tollste an diesem Dienst in Porz-Wahn war, dass ich am Wochenende nach Hause fahren konnte. Es waren nur knapp 120 km. Meine Eltern bzw. Schwimmkameraden staunten nicht schlecht, als ich auf der Matte stand.

Das erste Wochenende habe ich sofort wieder an einem Wasserballspiel teilgenommen. Was hatte ich das vermisst!!!! Ich konnte ihnen mitteilen, dass ich demnächst immer wieder mitspielen würde.

Auf der Rückfahrt nahm ich mir sogar mein Fahrrad mit nach Porz-Wahn. Da konnte ich manchmal abends nach dem Dienst nach Köln fahren und meinen Onkel besuchen.

Der staunte natürlich Bauklötze, als ich dort auftauchte. Mit dem Fahrrad war es für mich eine Kleinigkeit die wenigen Kilometer zu fahren. Bei meinem Onkel hatten wir immer viel Spaß, dadurch sind die letzten Wochen schneller vergangen.

Die Zeit verging wie im Flug, nicht so langweilig wie im Norden Deutschlands. Die Entlassung von der Bundeswehr stand bevor. Meine 12 Monate waren vorbei. Ich hatte meine Klamotten in der Kleiderkammer abgegeben und war froh, nichts mehr von dem „Scheiß" anziehen zu müssen.

Kaum war ich in der Unterkunft, wurde ich zum Spieß beordert und habe erfahren, dass die Wehrpflicht doch noch nicht beendet sei.

Ich hörte, dass die Politiker in Bonn das Wehrpflicht-Gesetz geändert hatten. Die „Allgemeine

Wehrpflicht" wurde von bisher 12 Monaten, auf Grund der instabilen Situation mit der DDR, um weitere drei Monate, auf 15 Monate verlängert.

Damit war meine baldige Entlassung, Ende September, Geschichte geworden. Wieder ab in die Kleiderkammer um meine Sachen zurückzuholen. Bei der Gelegenheit habe ich zum ersten Mal vom Spieß erfahren, dass ich bereits am 12. Juni 1962, zum Gefreiten befördert worden war.

Mir war total egal, dass man mich erst nach 9 Monaten befördert hat. Normalerweise wurde jeder, der sich nichts hat zu Schulden kommen lassen, nach 3-6 Monaten zum Gefreiten befördert.

Wahrscheinlich hatten sie mich nicht für diese Auszeichnung vorgesehen. Jetzt musste ich an die Worte meines Staffelchefs in Tarp zurückdenken, der damals sagte, dass ihm Menschen mit solch niedrigem Wissen noch nicht begegnet waren.

Ich war Gefreiter! Was konnte ich damit anfangen, nichts. Ich bekam keine Sonderbehandlung, und auch nicht mehr Geld. Also war das alles für die Katz. Ich hatte einen Streifen auf dem Ärmel, das war's.

Diesen Tag werde ich so schnell nicht vergessen. Aus Wut und Verzweiflung, haben einige Soldaten und ich die Kantine so schlimm verwüstet, dass einige Sachen nicht mehr zu gebrauchen waren. Wir konnten von Glück reden, dass unser Staffelchef dafür Verständnis hatte.

Begreifen konnte ich diese Verlängerung nicht, musste mich aber damit abfinden. Jetzt hatte ich also nochmal 3 Monate vor der Brust. Das einzig Positive daran war, dass ich keine Namensschilder mehr schreiben musste, denn als Gefreiter wurde ich zu anderen Aufgaben herangezogen.

Mit mir zusammen wurden auch andere Soldaten mit der Auswertung von Luftbildern beauftragt. Gegenüber meinem bisherigen Büro befanden sich zwei Riesenräume, die ich bisher noch nicht kannte.

Dort auf übergroßen Tischen versuchten Soldaten, die von den Piloten geschossenen, 16 x 16 cm großen Luftbilder aneinanderzulegen und auch zusammenzukleben. Dadurch sollte ein Gesamtbild der von ihnen überflogenen Fläche entstehen.

Wie das dann genau auszusehen hatte, wusste ich zu diesem Zeitpunkt noch nicht. Nach und nach verstand ich es aber. Auf dem Luftbild-Auswerte-Lehrgang in Erding habe ich zwar gelernt und auch verstanden wie man mit einem Rechenschieber umgeht, jedoch nicht gewusst, dass man dabei auch berechnen kann, welche Höhe bzw. welche Geschwindigkeit ein fliegendes Objekt hat.

Diese Berechnungen dienten auch dazu, den Flugzeugtyp, seine Bewaffnung und das Hoheitszeichen zu identifizieren.

Niemals hätte ich das den »Ausbildern« in Erding abgenommen, weil ich mir das einfach nicht vorstellen konnte. Doch jetzt, hier in Porz-Wahn, sah das schon alles anders aus.

Als ich begriff, was man alles aus den Luftbildern sehen und erkennen kann, glaubte ich, mit dieser Arbeit die noch vor mir liegenden 3 Monate, einigermaßen gut zu überstehen. Jeden Tag brachten die Piloten neue Luftbilder aus der Region oder von den Gegenden, die sie gerade überflogen haben.

Hier in der Stabsbildabteilung kamen alle Aufnahmen zusammen. Die Piloten gehörten, wie in Tarp, einem Aufklärungsgeschwader an. Vom Staffelchef wurde ich „vergattert", das heißt ich war zum Stillschweigen verpflichtet. So konnte und durfte ich mit niemandem über die Aufnahmen sprechen und nicht erzählen, was auf den Fotos zu sehen war.

Auf den großen Tischen sollten täglich neue Aufnahmen zu einem Gesamtbild zusammengeklebt werden. Das war gar nicht so leicht. Die Aufnahmen waren aus einer ziemlichen Höhe geschossen worden, an den Rändern sah man, dass dadurch eine Verzerrung und Unschärfe entstand.

Das kam durch die Erdkrümmung. Die Kameras in den Maschinen fotografierten den Grund mit einer ca. 40%igen Überlappung. Nur durch geschicktes Reißen und Entfernen der Verzerrung jedes einzelnen Fotos, war es möglich, ein naturgetreues Gesamtbild der überflogenen Fläche zu erstellen.

Dabei sah man von der Erdkrümmung anschließend nichts mehr. Wir hatten große Lupen, so dass Erhebungen, Hügel, Berge, Türme, Straßen und Häuser gut zu erkennen waren.

Dort gab es auch eine ganz spezielle Lupe die das Bild 3-dimensional zeigte. Schaute ich da durch konnte ich ein Relief erkennen. Eine Scala mit Maßstabsangabe half bei der Bestimmung welche Höhe ein Haus oder Berg hat. Das war das Faszinierendste an dieser Kleberei.

Ein Pilot erklärte mir wie ich bei diesen Aufnahmen, ohne Hilfsmittel, räumlich sehen könne. Das habe ich zuerst nicht begriffen, aber nach einigen Versuchen konnte ich meine Augen darauf einstellen. Die Schwierigkeit bestand darin, jedes Auge, getrennt voneinander, parallel auf einen Punkt zu richten. Und schon konnte ich räumlich sehen und das ohne Lupe. Welch ein Wahnsinn dachte ich, und war davon begeistert.

Irgendwann hatte ich mich mit der überraschenden drei-monatigen Verlängerung des Wehrdienstes abgefunden. Ich hatte zudem viel Freizeit. Mein Dienst ging von Montag bis Freitag, danach konnte ich am Wochenende tun was immer ich wollte.

So fuhr ich manchmal nach Köln um mir die Stadt anzusehen, oder aber mit dem Zug nach Hause, nahm an Schwimmwettkämpfen oder Wasserball-turnieren teil.

Eines Morgens gab es einen überraschenden Alarm. Wir, von der Luftbild-Auswertung, mussten extra antreten, das war besonders. Das hatte ich hier noch nicht erlebt. Normalerweise waren wir immer in dem Raum mit den Riesentischen. Aber heute war wohl die Hölle los. War was Wichtiges passiert?

Vom Spieß hörten wir, so nebenbei, von der »Kuba-Krise«. Anfangs wusste keiner was damit gemeint war, doch mit kurzen und knappen Worten erklärte er es uns: „Männer, die Amerikaner haben um Kuba eine Sperre gelegt. Sie lassen niemanden rein oder raus. Ab sofort herrscht strikte Ausgangssperre! Wegtreten und weitermachen!" Das war`s, mehr nicht.

Als wir später, im Montageraum, ein Bündel der ersten Luftbilder der »Kuba-Krise« sahen, ahnten wir nichts Gutes. Da war alles super geheim, auf allen Fotos war ein Aufkleber mit dem Aufdruck „Geheime Kommandosache".

Auf Kuba hatten die Russen Abschussbasen gebaut und Raketen stationiert. Diese Aufnahmen lagen uns jetzt vor. Die Insel Kuba liegt ca. 90 Meilen vor der amerikanischen Küste Floridas. In den Medien hatten wir schon von Kuba und Fidel Castro gehört. Der machte den Amerikanern das Leben schwer. Und jetzt mischt auch noch der Russe mit, hörten wir.

Als wir dann die Bilder auswerteten, sahen wir tatsächlich russische Raketen. Wir konnten deutlich die Beschriftung und Hoheitszeichen erkennen.

Durch die 3D-Lupe sahen wir genau, wo und wie die Abschusspositionen waren. Wir berechneten dann die Größe der Abschussrampen und die der Raketen.

Das war vielleicht eine Aufregung. Für die nächsten Tage wurde die Ausgangssperre auf dem gesamten Stützpunkt beibehalten. Jeden Abend, nach Dienstschluss, wurden wir von speziellen Soldaten kontrolliert. Nicht ein Schnipselchen Papier der Luftbilder durfte die Kaserne verlassen. Es wurde aber auch nie etwas gefunden.

Das dauerte dann doch noch einige Tage bis die Ausgangssperre aufgehoben wurde. Im Nachhinein erfuhren wir, dass der amerikanische Präsident, Robert F. Kennedy, die »Kuba-Krise« beendet hatte.

Dabei wurde unter den Kameraden schon vom 3. Weltkrieg gesprochen, allerdings nur hinter vorgehaltener Hand. Ein Aufatmen ging durch die ganze Truppe!

Und Gott sei Dank kam es nicht dazu! Bis zu meiner Entlassung war es nicht mehr allzu lange.

Doch es blieb mal wieder ein Traum. Die „Verbrecher" im Bundestag beschlossen, die Wehrpflicht von 15 Monaten, aus demselben Grund wie vor 3 Monaten, auf 18 Monate zu verlängern. Durch diesen erneuten „Betrug" an uns Soldaten, wurde ich nicht zu Weihnachten entlassen, sondern der neue Entlassungstermin war auf den 31. März 1963 anberaumt.

Dieses Weihnachten, und auch Neujahr durfte ich endlich wieder in meiner gewohnten Umgebung feiern. Meine Eltern und all meine Freunde waren begeistert. Das war ein großer Trost für mich, ich hatte ja jetzt nur noch 3 Monate. Die sollten mir doch wohl nicht mehr so schwerfallen, aber ich hatte das Gefühl es werden die längsten 3 Monate meines Lebens.

Die Karnevalszeit begann, ich hatte dort kaum die Möglichkeit, mitzufeiern. Deshalb fuhr ich an meinen freien Tagen, oder nach Dienstschluss mit dem Rad, oft die wenigen Kilometer in die Kölner Innenstadt. Ließ mein Rad bei meinem Onkel und schaute mir die Veedels-Züge an.

Manchmal bin ich auch mit dem Zug, die 2 Stationen bis zum Kölner Bahnhof gefahren, und habe mich in das Karnevalsgetümmel gestürzt. Einmal war ich ganz in der Nähe des Rheins in einer Kneipe. Zufällig war ich wieder mal in Uniform und bestellte mir ein Bier.

Der Tresen war voller Männer, so dass ich in der dritten Reihe bedient wurde. Erst als ich die Toilette aufsuchte, merkte ich damals ahnungsloser Engel, dass ich in einer Schwulen-Kneipe gelandet war. Hier wurde geknutscht und gefummelt, was das Zeug hielt. Ein Hetero hatte dort nichts verloren!

Daraufhin habe ich, so schnell es ging, die Lokalität verlassen. Einige Tage später war ich froh, am Karnevalssamstag mit meinem Freund Pimock, zu einer der größten Karnevals-Veranstaltungen in den Städtischen Saalbau in meiner Heimatstadt zu gehen.

Hier konnte man jedes Jahr toll Karneval feiern. Es war der 23. Februar 1963. Dieser Abend im

Saalbau, war nicht das, was ich mir so vorgestellt hatte. Ich fühlte mich an diesem Abend nicht wohl in der Lokalität.

Pimock habe ich schonend beigebracht, dass ich viel lieber zum Bootshaus meines Schwimmvereins wollte. Er schaute mich an und nickte mit dem Kopf, was bedeutete:

„Verschwinde so schnell du kannst, sonst muss ich mich heute Abend noch ärgern, und das will ich nicht. Ich bin nämlich zum Feiern hier."

Ich fuhr also mit der Straßenbahn bis zum Kanal an die Stadtgrenze. Von hier waren es noch einige hundert Meter bis zur Kanalschleuse, da stand unser Vereinsheim, von uns Bootshaus genannt.

Für die mitfahrenden Menschen in der Straßenbahn war mein Outfit nichts Besonderes. Viele hatten ein Karnevalskostüm an, ich wurde deshalb auch nicht weiter beachtet. Von weitem sah ich dann das Bootshaus und je näher ich kam, umso lauter hörte ich die Musik. Ich freute ich riesig, denn dort würde ich endlich meine Wasserballmannschaft treffen. Insgeheim hoffte ich aber, dass ich meine heimliche Liebe an diesem Abend treffen würde.

Als ich ihr das erste Mal begegnete, und das war schon bevor ich zur Bundeswehr musste, war ich von ihr fasziniert und habe mich total in sie verknallt. Zu einem Rendevouz ist es nie gekommen. Ich kannte ihren Bruder, er spielte manchmal in unserer Wasserballmannschaft, und ließ durch ihn immer Grüße bestellen. Sie war auch mehrmals während eines Wasserballspiels auf der Tribüne und sah unserem Spiel zu. Ob sie aber mich wirklich sah, konnte ich nur hoffen.

Die Karnevalsmusik wurde immer lauter je näher ich kam. Als ich im Bootshaus die Saaltür öffnete, sah ich buntes Karnevals-Treiben. Die laute Musik übertönte alle anderen Geräusche. In diesem Moment versuchte ich, einen Überblick zu bekommen, wurde aber durch einen lauten Ruf überrascht:

„Der Manni, der Manni ist da!"

Wie versteinert stand ich in der Tür in meinem Torero-Kostüm. Alle Blicke waren auf mich gerichtet, Gott sei Dank spielte die Musik weiter. Meine heimliche Liebe hatte mich wohl direkt gesehen und kam schnurstracks auf mich zu. Damit hatte ich nun wirklich nicht gerechnet, habe nur gehofft, dass sie mich endlich wahrnimmt.

Sie nahm mich, ohne eine Erklärung, mit an den Tisch an dem auch ihre Eltern saßen. Wie ich dreingeschaut habe, weiß ich bis heute nicht. Aber schlecht kann es ja nicht gewesen sein, denn der Abend wurde ein voller Erfolg auf der ganzen Linie.

Wir tanzten fast die ganze Nacht, und ich begleitete meine neue Freundin natürlich bis nach Hause. Es war eine schöne Strecke zu laufen bis zur Haltestelle der Straßenbahn, aber das war ok. Dass mich ihre Eltern, so wie ich war akzeptierten, hat mich gewundert aber auch gefreut.

Für den nächsten Tag waren wir wieder verabredet. Es war der Beginn einer wunderbaren Liebe. Leider wurde es für mich Zeit, schon an diesem Abend wieder Abschied zu nehmen, denn mein Bundeswehr-Dienst in Porz-Wahn fing Montag früh wieder an. Ich hatte aber ab heute ein neues Ziel vor mir.

Bis zu meiner endgültigen Entlassung von der Bundeswehr waren es nur noch knapp 5 Wochen. Wir schrieben uns Briefe. Jedes Wochenende fuhr ich nach Hause, wir verbrachten das Wochenende immer gemeinsam ohne uns aus den Augen zu lassen. Es war die schönste Zeit in meiner Wehrpflicht.

Am Wochenanfang schrieb ich ihr einen Brief, kündigte darin an, dass ich samstags zum »Kapper« (Friseur) gehe, und anschließend zu ihr nach Hause komme, um sie zu sehen. Ich weiß das war frech, doch das war mir egal. Ich habe so lange darauf gewartet, jetzt wollte ich sie einfach nicht mehr loslassen.

Natürlich kam ich immer noch in Uniform, ich hatte ja fast 18 Monate keine Privatsachen und die waren auch nicht in allerbestem Zustand. Als ich bei ihren Eltern auftauchte, und ihr Vater mich in dieser Uniform sah, hat er erst einmal tief durchgeatmet und geschluckt. So ein Typ war ihm wohl noch nie untergekommen.

Meine Uniform war in nicht gerade bestem Zustand, einige Knöpfe waren nicht angenäht, nicht gebügelt usw. Die Knöpfe waren von innen mit einem Streichholz befestigt. Das sah man doch von außen gar nicht. Als ich dann auch noch einige »Dönekes« aus meiner Zeit beim Barras erzählte, schlug mein »Schwiegervater in spe«, seine Hände über dem Kopf zusammen.

Mir machte das überhaupt nichts aus. Ich war froh, endlich hatte ich Kontakt zu meiner heimlichen Liebe. Mir konnte niemand mehr etwas anhaben, alle konnten mir den Buckel runterrutschen. Ich zählte nur noch die Wochen, Tage, Stunden.

Jeder Abschied, Sonntag abends auf dem Bahnhof, tat uns beiden sehr weh. Auf der Rückfahrt mit dem Zug nach Porz-Wahn, hatte ich immer genügend Zeit, über alles nachzudenken. Nur richtig nachdenken konnte ich gar nicht.

Immer wenn ich dachte welches Glück ich jetzt habe, brachte mich das Gefühl fast zum Weinen.

Wenn ich nicht aufgepasst hätte, wäre ich nicht in Porz-Wahn ausgestiegen, sondern bis München weitergefahren.

Langsam näherte sich mein Entlassungstermin. Komischerweise wurde ich schon einige Tage früher zum Spieß bestellt, er überreichte mir die Entlassungspapiere. Alles was man so braucht, wenn die Bundeswehr einen nicht mehr will. Mein Wehrpass war auch dabei, und das *»Wichtigste«* überhaupt, 275 DM Überbrückungsgeld.

Im letzten halben Jahr hatte ich davon gehört, dass man als Reservist einen Teil seiner Klamotten mit nach Hause nehmen muss. Es war für den Ernstfall so festgelegt, man hat dann seinen Seesack sofort zur Hand. Es gab tatsächlich ein Gesetz, dass man diese Sachen zu Hause aufbewahren muss.

Ich dachte zurück an meine ersten Tage in der Grundausbildung, als ich immer in die Kleiderkammer ging, um mir Schuhe und Stiefel abzuholen. Diesen Seesack mit Uniform usw. habe ich bei der Entlassung nicht bekommen.

Wahrscheinlich war ich „für den militärischen Dienst nicht geeignet."

So stand es tatsächlich in meiner G-Kartei, die ich einmal zufällig beim Rechnungsführer einsehen konnte. Das durfte ich aber nicht wissen.

So bin ich dann als Reservist entlassen worden, habe meine restlichen, privaten Sachen auf meinem Heimatbahnhof in ein Schließfach gepackt, und bin zu meiner Freundin gefahren. Von meiner vorzeitigen Entlassung habe ich ihr natürlich nichts gesagt.

Sie war in dem Glauben, mich noch ein letztes Mal vor meiner Entlassung, zum Zug zu bringen. Es war überhaupt nicht schön. Beide waren wir sehr traurig, aber wir wussten ja, in den nächsten Tagen bin ich endgültig daheim.

Ich stieg dann wie immer in den Zug, winkte meiner Freundin noch, und stieg so schnell ich konnte, an der anderen Seite wieder aus dem Zug. Das war verdammt gefährlich, denn ich musste über die Bahngleise zum anderen Bahnsteig. So traurig wie sie war hat sie das Gott sei Dank nicht sehen können.

Während sie sich, mit der Straßenbahn, auf den Heimweg zu ihren Eltern machte, holte ich in aller Eile meine restlichen Sachen (unter anderem eine Flasche Sekt) aus dem Schließfach, setzte mich in ein Taxi, und bin auf dem schnellsten Weg zu ihr nach Hause gefahren.

Ihre Eltern schauten mich erstaunt an und wollten wissen, ob etwas passiert sei.

In kurzen Sätzen schilderte ich ihnen meine vorzeitige Entlassung und bat sie, mich nicht zu verraten. Ich wollte meine Freundin einfach überraschen. Ihre Eltern versteckten mich dann im elterlichen Schlafzimmer.

Als ihre Tochter dann nach Hause kam, und sehr traurig war, wollten sie von ihr wissen, was denn geschehen sei. So kannten sie ihre Tochter nicht. Meine Freundin erklärte, dass sie einfach traurig war, weil ich fort musste. Dabei versagte ihre Stimme immer wieder. Da hatte ich Erbarmen, und schlich mich leise aus dem elterlichen Schlafzimmer.

Als sie mich sah brach sie in Freudentränen aus. Sie konnte es nicht fassen, wollte immer und immer wieder von mir wissen, wie ich das gemacht habe. Vor allen Dingen aber, ob ich denn nun schon entlassen sei.

Das konnte ich ihr dann versichern. Meine 18 Monate bei dem Haufen waren endgültig vorbei. Es begann die schönste Zeit meines Lebens mit ihr. Von meinen Freunden und Bekannten habe ich später erfahren, dass sie nach ihrer Bundeswehrzeit, wirklich ihren Seesack mit den Klamotten zu Hause aufbewahren mussten.

Glauben konnte ich diese Aussagen nicht wirklich, erst als ich die Bundeswehr-Utensilien dann in ihren Wohnungen sah. Sie wollten mir aber nicht glauben, dass ich keinen Seesack für den Ernstfall, zu Hause aufbewahren musste.

Eines habe ich mir geschworen: „Wenn ich jemals zu einer Wehrübung einberufen werden sollte, werde ich als erstes ein Urlaubsgesuch schreiben, denn ich hatte noch einige Urlaubstage zu bekommen, wurde aber entlassen, ohne diese genommen zu haben."

Wochen später habe ich mit meiner Freundin einen Ausflug nach Porz-Wahn gemacht. Ich wollte ihr doch einmal zeigen, in welcher Kaserne ich den Rest-Wehrdienst abgeleistet habe. Die Wachen am Haupttor ließen uns aber nicht auf das Gelände, schade!

Übernachtet haben wir in einer Gaststätte, direkt gegenüber der Kaserne. Hier habe ich manche Abende verbracht, wenn ich nicht nach Hause fahren konnte.

Als „Highlight" brach das Bett mitten in der Nacht zusammen.

Jetzt war das Kapitel **„Bundeswehr"** endgültig erledigt und begraben!!!